LE PIRATE DU PACIFIQUE

PAR PIERRE BLÉNOD

ROMAN INÉDIT

1.75

LE ROMAN COMPLET

Le Pirate du Pacifique

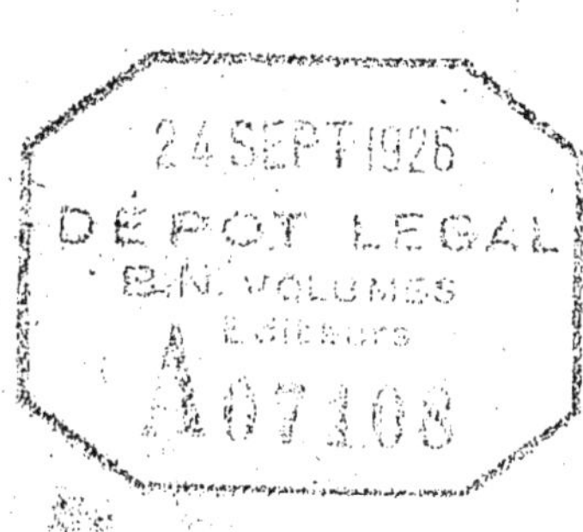

J. BLÉNOT

Le Pirate du Pacifique

PARIS
J, FERENCZI & FILS, Éditeurs
9, Rue Antoine-Chantin, (14e)
1926

24

Le Pirate du Pacifique

ROMAN D'AVENTURES INÉDIT

par J. BLÉNOT

PROLOGUE

QUELQUES JOURS APRÈS L'ARMISTICE...

Le vent soufflait avec rage, dispersant en brusques rafales une pluie froide mêlée de neige, tandis que les ténèbres d'encre semblaient s'épaissir de plus en plus autour d'un voyageur qui avançait, ce soir de décembre 1918, sur la route de Lille à Douai. L'homme, le corps légèrement penché en avant, tâchait de faire bonne contenance et de tenir tête à la tempête : on voyait à son allure qu'il savait où il allait et qu'il paraissait peu se soucier des éléments déchaînés autour de lui.

Un instant cependant, suffoqué par la bourrasque, il s'arrêta, arc-bouté sur sa canne :

— Le grain est peu fort, dit-il simplement, se parlant à lui-même.

Puis, tirant de sa poche une petite lampe électrique portative, il tenta d'en éclairer les abords du chemin défoncé qu'il suivait. Mais il y vit peu de chose, sauf des ornières profondes tracées dans la boue épaisse par les roues des innombrables camions militaires qui avaient passé par là à la suite des armées alliées victorieuses.

— Allons, reprit-il, au bout d'un instant, en route !

Et, de nouveau, il s'enfonça dans le noir.

Pas pour longtemps.

Au bout de quelques pas, il trébucha, faillit tomber, se redressa et put reprendre sa marche. Mais la route était traîtresse, semée de fondrières qu'il ne pouvait apercevoir et encore moins deviner.

Tout à coup, il glissa dans une mare d'eau qui était un trou d'obus où il entra presque jusqu'à la ceinture.

— Quelle guigne ! murmura-t-il.

A tâtons, il se tira de son bain inattendu et improvisé, puis, encore une fois arrêté, il alluma de nouveau sa lampe de poche à la clarté de laquelle il essaya de lire sur une carte d'état-major.

— Décidément, se dit l'homme à lui-même, je ne puis aller plus loin ce soir. Voyons (et il consulta encore sa carte), l'auberge de Phalempin doit être par ici.

Il connaissait le pays, c'était évident, mais il ne s'y retrouvait plus, tout ayant été changé et chambardé par quatre années consécutives de combats ininterrompus.

Tout de même, il se remit en route et, après dix minutes à peine de marche, il faisait halte devant une maison de minable apparence, au toit en partie défoncé.

Il heurta à la porte qui s'ouvrit aussitôt, livrant passage à la lumière d'une lampe à acétylène qui éclaira vivement le visage du voyageur.

C'était un grand gaillard, complètement rasé, à la physionomie intelligente, ouverte, percée de deux yeux bleus singulièrement profonds, les yeux de ceux qui ont longtemps navigué et qui ont gardé dans leur regard quelque chose de l'infini qu'ils ont si souvent contemplé. Il portait l'uniforme des officiers de la marine française et ses manches laissaient voir les trois galons de lieutenant de vaisseau.

Que faisait donc, à cette heure si tardive, ce commandant en rupture de passerelle, perdu en pleine région dévastée et contraint par la tempête de chercher refuge dans cette maison isolée de la campagne lilloise ?

La pièce où l'officier entrait, bien que garnie de meubles de fortune et en triste état, — tables boiteuses, chaises dépaillées et cagneuses, — avait cependant la prétention d'être la salle d'un de ces estaminets si fréquents sur le bord des routes du nord de la France, mais un estaminet qui aurait eu à subir — et c'était bien le cas — toutes les épreuves de la guerre.

Les carreaux des petites fenêtres étaient remplacés par des morceaux de zinc, ou rafistolés avec des bandes de papier ; le plancher, absent par endroits, ne présentait que des chausse-trapes et, dans le fond de la pièce, enfin, un meuble, qui peut-être autrefois avait été un comptoir, supportait quelques verres ébréchés et une série de bouteilles de différentes couleurs : des apéritifs variés ou du genièvre, c'est-à-dire des boissons qui, bien avant le pain nécessaire, faisaient derrière nos troupes leur rentrée victorieuse dans les anciennes régions envahies.

Mais déjà le tenancier du bouge s'empressait au-devant de son client, dont les galons lui inspirèrent de suite un saint respect :

— Si mon officier, il veut bien s'asseoir... C'est un honneur, savez-vous !

L'homme marmottait ces mots avec un fort accent belge.

Sans répondre, le lieutenant de vaisseau prit une chaise, la moins malade, et s'installa devant la table.

— Donnez-moi à manger, commanda-t-il d'une voix habituée à ordonner sans réplique ; ce que vous avez, peu importe. Et dites-moi si je puis attendre ici que le jour se lève.

— Oh ! mon officier est le maître ici, répliqua aussitôt le cafetier, obséquieux. Bien sûr, qu'il peut rester, savez-vous, tant qu'il voudra.

Fixé sur ce qu'il désirait savoir, le

voyageur ne répondit pas à ce verbiage et, en attendant qu'on le servît, les yeux perdus sur le maigre feu qui flambait dans l'âtre, il laissa sa pensée vagabonder à l'aventure.

Mathieu Le Querrec, lieutenant de vaisseau dans la marine française, n'était pas originaire de ces contrées du Nord où il se trouvait ce soir, mais Breton bretonnant, fils d'une longue lignée de marins dont certains avaient même servi sur les bateaux du roi sous les ordres de « Monsieur Duguay-Trouin ». Son père avait fait la campagne de Formose avec l'amiral Courbet et son aïeul avait commandé au Mexique le bateau amiral de Jurien de La Gravière.

Cependant, perdu dans sa rêverie, dans l'atmosphère chaude et un peu engourdissante de l'auberge, il revoyait toute son enfance que lui rappelait encore plus vivement le voyage, mieux, le pèlerinage qu'il accomplissait ce soir.

En effet, une grande partie de l'existence de l'officier, la meilleure, aurait-il pu dire, s'était passée dans cette même région où nous le retrouvons par cette sinistre soirée d'hiver. Sa mère ayant hérité près de Phalempin d'une assez grande propriété, c'est là que, bambin et jeune homme, il était venu chaque année passer tout le temps de ses vacances.

Phalempin !

A ce souvenir, ses épaules tressaillirent, malgré la force de caractère dont il était doué. C'est au château de Phalempin qu'il avait connu Micheline Lepôtre, cette délicieuse enfant blonde, sa compagne de jeux, devenue sa fiancée, et qu'il avait aimée et qu'il aimait encore !

Oh ! combien !

Il soupira. Tout le passé, maintenant,

revivait devant ses yeux, il se revoyait au *Borda*, lorsqu'il avait échangé avec son amie les premières promesses, le premier baiser. Il lui semblait sentir encore dans toute sa chair le tressaillement divin qui l'avait soulevé quand, un jour, ce corps si charmant s'était abandonné à ses chastes étreintes.

Micheline ! Ce nom était toute sa vie, tout son horizon. Il le trouvait au commencement de son existence, pour le rencontrer de nouveau aujourd'hui, puisque c'est elle qu'il venait chercher, malgré la tempête, les chemins défoncés et semés de fondrières, puisque c'était à cause d'elle qu'il était ici ce soir.

La guerre les avait séparés, petit drame dans le grand, au moment où Mathieu sortait du *Borda*. Ils étaient alors officiellement fiancés et leur mariage serait célébré sitôt après la croisière que le jeune homme, comme tous les enseignes à leurs débuts, devait accomplir sur le *Jeanne-d'Arc*.

Aux premiers jours de l'invasion, l'officier avait insisté pour que Micheline vînt à Saint-Malo rejoindre sa mère à lui, mais, déjà à ce moment, le châtelain de Phalempin, M. Lepôtre, gravement malade, n'était plus transportable, et sa fille, malgré son désir et son amour, n'avait pas voulu le quitter. A cet endroit de ses pensées, Mathieu ferma les paupières ; il lui semblait qu'un rideau sombre venait d'être tiré sur son existence.

En fait, depuis les derniers jours d'août 1914, il n'avait plus reçu aucune nouvelle de sa fiancée. Toutes ses lettres étaient restées sans réponse.

Repris par la vie active, il avait bourlingué sur toutes les mers, du golfe de Gascogne à Gallipoli, de Salonique au

Maroc, jusqu'au jour où l'armistice était venu apporter à tous le grand repos après la peine.

Alors l'enseigne de naguère était devenu lieutenant de vaisseau, officier de la Légion d'honneur et, de plus, un homme au caractère fortement trempé.

Aussitôt qu'il avait pu obtenir de ses chefs quelques jours de permission, prenant prétexte des dégâts causés dans les propriétés de sa mère près de Lille, il était parti vers le Nord, utilisant, pour aller plus vite, tous les moyens de transport qu'il avait trouvés.

Et maintenant il échouait dans cette misérable **auberge**.

Mais il était arrivé : le château de Phalempin, en effet, se dressait à quelque cent mètres du carrefour où était bâti l'estaminet, et si Mathieu n'avait pas voulu s'y rendre de suite, c'est qu'avant de s'y présenter il voulait tenter de recueillir quelques renseignements sur ses hôtes actuels.

Il répugnait bien à sa nature généreuse de chercher ainsi à obtenir des indications sur le sort de celle qu'il n'appelait pas autrement que sa femme, mais c'était cependant pour lui le seul moyen d'apaiser son cœur angoissé.

Sa mère avait tout fait pour le distraire, elle l'avait obligé à sortir, l'avait conduit dans le monde presque malgré lui, rien n'y faisait, rien ne parvenait à le dérider, à effacer le rictus douloureux qui se dessinait sur ses lèvres lorsqu'il pensait à l'absente.

Et il y pensait toujours !

C'est pour calmer sa conscience et ses scrupules qu'il avait voulu venir. Des amis, sur les instances de sa mère, s'étaient arrangés pour lui présenter les jeunes filles les plus charmantes, offrant les plus beaux partis, il était resté insensible.

— Après, disait Mathieu, après, maman, je t'en supplie. Laisse-moi d'abord savoir.

Savoir ! Oui, il allait savoir et tout moyen lui serait bon pour connaître enfin l'étendue de son malheur.

A tous ceux qu'il pourrait approcher, il s'était bien juré d'arracher leurs secrets.

Justement, l'aubergiste revenait vers lui, portant avec précaution une immense poêle à frire, au milieu de laquelle se voyait une minuscule omelette.

— Connaissez-vous, par hasard, le châtelain de Phalempin ? interrogea Le Querrec, ému.

— Oh ! moi, tu sais, mon officier, répliqua le Belge, après un instant d'hésitation, en grattant l'extrémité de son crâne pointu, je suis nouveau dans le pays...

— Cependant, M. Lepôtre ?...

— *Alleye !* J'en ai bien entendu parler, mais il y a longtemps qu'il est mort celui-là !

— Mais sa fille ?

— Ah ! là là ! (et l'homme partit d'un gros rire vulgaire). Ah ! là là ! mon officier ! Oh ! cette crapaude (1), elle a fait une rude noce pendant la guerre et, après, elle a fichu le camp avec un officier boche...

Mais le butor n'acheva pas sa phrase, commencée avec un tel accès de gaieté.

L'officier de marine, en entendant insulter celle qu'il aimait et à qui il avait voué toute sa vie, s'était dressé, blême, tragique, les poings crispés.

Un instant, il crut qu'il allait broyer le misérable qui venait de bafouer son bon-

---

(1) En patois wallon : cette fille.

ur, mais il fit sur lui-même un effort rhumain, il se raidit et, ouvrant la rte de l'estaminet, il s'enfuit dans la mpagne en sanglotant, insouciant du nt qui faisait rage, de la pluie qui tom- it plus abondante et trempait ses vête- ents.

Ainsi donc, voilà la récompense de sa élité, voilà pourquoi Micheline l'avait laissé, pour faire la noce, suivant l'ex- ession de la brute de l'auberge, avec les urreaux de sa patrie.

Pendant la guerre, il avait bien en- ndu parler de ces femmes, sans cœur et ns entrailles, qui, tandis que leur mari, ir père, leurs frères ou leurs en- nts se battaient pour sauvegarder l'in- grité du territoire et l'avenir de la ance, ne craignaient pas de galvauder urs corps avec les envahisseurs. Qu'une alheureuse sans instruction et dans la isère ait sombré dans cette déchéance orale par ignorance ou par besoin, Ma- ieu l'eût compris sans l'excuser, mais le, Elle, sa Micheline, son amie d'en- nce, si blonde, si fine, si jolie, aller se nner par plaisir à des rustres qui n'au- ient dû l'approcher qu'à genoux ?

Mais les femmes sont donc des mons- es de perversion ?

Assommé par sa douleur, l'officier se répétait sans relâche ce même raisonne- ment. Tantôt il se raccrochait à une lueur d'espoir, tantôt il s'exagérait encore son malheur.

Toute la nuit il erra dans les champs incultes, tournant comme un fauve au- tour des murailles du parc des Lepôtre dont le château avait été pillé et brûlé par les envahisseurs avant leur retraite.

Le jour retrouva Mathieu Le Querrec à la même place, sans casquette, lamenta- ble, croyant à chaque instant que sa rai- son lui échappait.

Pourtant, à force de raisonnements, il réussit à retrouver son équilibre moral. Après tout, cet homme, étranger au pays, ne savait rien et, comme tous les hum- bles, il était porté à calomnier et à avilir ceux qu'on appelle les riches.

Seul, le maire de Phalempin pouvait renseigner le lieutenant de vaisseau avec exactitude, et Mathieu se rendit chez ce magistrat, après avoir sommairement rec- tifié sa toilette. Mais là, où il espérait trouver des consolations, il ne recueillit que la certitude de sa douleur.

En 1916, effectivement, Mlle Lepôtre, dont le père était mort au début de jan- vier 1915, avait quitté le pays pour suivre en Allemagne un colonel bavarois, qui, disait-on, l'avait épousée.

CHAPITRE PREMIER

ENTRE LE CIEL ET L'EAU...

L'orchestre hawaïen du bord s'achar- nait sur la scie *We have no bananas !* au son de laquelle des couples trépidants, sur une cadence de fox-trot, martelaient le pont du *George-Wasghington*. La soirée était idéalement belle. Le ciel, d'un bleu-noir épais, était troué des mille points d'or des étoiles, si brillantes dans cette partie du Pacifique. Pas la moindre vague à la surface de l'océan. Le paquebot filait ses quinze nœuds sans que rien ne s'opposât à sa marche. Après la chaleur accablante du jour, tous les passagers, ceux de première comme ceux de deuxième classe, étaient montés sur les emplacements du pont qui leur étaient réservés pour jouir de la fraîcheur du soir.

Si, à l'avant, c'était le grouillement des émigrants, des coolies, de toutes sortes de gens de qualité inférieure, l'arrière, au contraire, du *George-Washington*, bâtiment de trente mille tonnes de la grande compagnie américaine Pacific Star de San-Francisco, présentait un choix de touristes de la meilleuse société. On aurait pu croire qu'on y avait transporté en bloc plusieurs salons de New-York avec leurs occupants, ou encore, d'un seul coup, tous les hôtes cosmopolites du « Continental » de Paris. Toutes les parties du monde y étaient représentées : Américains d'abord, comme il sied, sur un bateau de l'Union, milliardaires qui entreprenaient le tour du monde pour épater de leurs dollars les nations étrangères, le chèque à la poche ou à la main, et avec cela, dans le privé, d'une rapacité à tondre un œuf ; Américaines aussi, belles veuves ou divorcées, à la recherche de sensations, névrosées, pas trop gênantes tant qu'elles se contentaient d'exercer les ravages de leur perversion dans leur monde ; des ménages anglais avec une infinité de gosses accompagnés de nurses irlandaises, quelques Français, fonctionnaires regagnant leurs postes au Japon ou en Chine, puis des Orientaux,

Levantins, Egyptiens, Syriens à l'allure épaisse, adipeux, graisseux, visqueux, les doigts surchargés de bijoux trop voyants.

Le *George-Washington* avait quitté San-Francisco le 1ᵉʳ mai 192..., à destination de Yokohama. Après une escale de quarante-huit heures à Honolulu, il avait repris sa route et approchait du terme de son voyage. Dans deux jours au plus, les côtes japonaises seraient en vue.

... Le jazz-band jouait maintenant *I love you !...* et les danses échevelées de tout à l'heure avaient fait place à un pas langoureux dont le rythme énervant agissait sur les couples. Jeunes ou vieilles, ou plutôt vieilles, les femmes se laissaient entraîner par leurs danseurs, emportées par la griserie de cette musique qui semblait se plier à l'harmonie majestueuse de cette belle nuit d'Orient.

Un peu fatigué par ce bruit, et voulant jouir en dilettante du calme de la soirée, un passager s'était écarté des lumières et de l'endroit où on dansait. Appuyé contre le bastingage, une cigarette aux lèvres, il suivait des yeux, dans la nuit, le sillage d'argent que le bâtiment laissait derrière lui.

— Eh bien ! monsieur le consul, vous voilà bien rêveur ?

Malgré lui, l'interpellé tressaillit ; il était effectivement consul, cependant consul de France à Yokohama, et il regagnait son poste après un congé d'un an passé dans son pays. Mais pourquoi le dérangeait-on ? il était si heureux, perdu dans ses pensées. Il regarda son interlocuteur et son visage se rasséréna. Il avait reconnu le capitaine du *George-Washington*, solide marin, très brave homme dont il avait pu apprécier les qualités de chef, au cours de la traversée. Il lui pardonnait déjà de l'avoir dérangé.

— Eh, oui ! capitaine, je songe. Ne voilà-t-il pas une belle nuit qui nous y invite ?

— Idéale, monsieur le consul, une des plus belles que j'aie pu admirer dans ces parages. Et pourtant, sous cette latitude, on est gâté.

« Mais il faut que je vous annonce une nouvelle qui vous fera plaisir, à vous, consul de France ; j'ai été avisé dans la soirée par T.S.F. que la Division navale française de Chine, croiseurs, torpilleurs, sous-marins, était en manœuvre dans ces parages.

« Peut-être en rencontrerons-nous quelques unités.

— Croyez-vous, capitaine, que pour de simples manœuvres, la Division de Chine s'aventure si loin de ses bases ?

— Si loin de ses bases ! Mais nous ne sommes pas à plus de deux jours de navigation des côtes du Japon ! j'espère bien que demain, avant la nuit, nous les aurons en vue et, par conséquent, nous ne sommes qu'à six jours, à vol d'oiseau, des côtes chinoises. Qu'est-ce là pour des bateaux de guerre, et surtout des bateaux de guerre français. Car il n'y a pas à dire, ce sont de rudes marins que les vôtres. Je m'y connais un peu, moi, William She-phearst, lieutenant de vaisseau de la marine fédérale et capitaine de la Pacific Star. Eh bien ! je n'éprouve aucun embarras à l'avouer, il n'y en a pas un chez nous, officier ou matelot, qui aille à la cheville de vos petits bonshommes à pompon rouge. Je les connais, je les ai vus à l'œuvre et je les admire.

— Merci pour eux, mon brave ami, et croyez bien qu'à leur tour, ils rendent à la marine américaine l'hommage qu'elle mérite.

— Ah ! monsieur le consul, s'il n'y

avait pas la politique et surtout les « lois de sécheresse » — et son œil goguenardait un peu — quelles belles choses on aurait pu faire ensemble, la France et nous !

— Oui, oui, bien sûr, mais on ne nous a pas consultés.

Le consul, prévoyant une discussion politique, battait prudemment en retraite.

— A propos, monsieur le consul, vous souvenez-vous de notre conversation au départ de « Frisco » ?

— Quelle conversation ?

— Mais au sujet de toutes ces disparitions en mer, signalées depuis six mois, de tous côtés.

— Ah ! oui, parfaitement. Mais il me semble que le *George-Washington* a eu une bonne étoile.

— C'est une étoile des U.S.A. !

Et, sur cette allusion aux constellations qui, sur la bannière fédérale, symbolisent les différents Etats de l'Union, le capitaine reprit :

— Quand j'y pense, tout de même ! Quelle frousse, dans tous les ports du monde, depuis le début de l'année. Plus de passagers, toutes les transactions arrêtées.

— Avouez, capitaine, qu'il y a de quoi inspirer de la crainte aux plus braves. Songez à tous ces bâtiments, anglais, américains, français, italiens, espagnols, etc..., dont on n'a plus entendu parler et dont on n'a retrouvé aucune trace ! Souvenez-vous ! Notre grand paquebot français *Verdun*, de la compagnie France-Amérique de Bordeaux, quarante mille tonnes, un des plus puissants bateaux du monde, quitte son port d'attache pour son premier voyage au Brésil. Le 6 mars, au soir, un radio, comme chaque jour, donne des nouvelles du bord :

« Excellent voyage ! passagers en bonne santé », et, depuis ce moment, plus rien ! Toutes les recherches pour en retrouver des traces demeurent infructueuses ; pas une épave, pas un corps, pas la moindre bouée qui puisse donner la plus petite indication.

— Oui, puis ce fut le tour de l'anglais *Croydon*, de la Peninsular, vingt-huit mille tonnes évaporées ! de l'américain *La Fayette*, trente mille tonnes ; de l'italien *Triesta*, vingt-cinq mille tonnes ! Et de tout cela, rien, rien, il n'en reste rien !

« Je comprends que les gouvernements s'en soient émus et qu'ils aient envoyé des patrouilleurs dans toutes les mers. Rien ne m'étonnerait, monsieur le consul, que votre Division navale de Chine n'ait parmi ses instructions de faire un rapport sur ce qu'elle pourra voir.

Il s'agissait d'une affaire d'Etat, le consul resta muet.

L'Américain reprit :

— Et ce qu'il y a de plus drôle, c'est la diversité des points où ces disparitions se produisent. Tantôt c'est dans l'Atlantique, tantôt dans la Méditerranée, tantôt c'est l'anglais *Queen-Victoria* dans l'océan Indien, tantôt le portugais *Vasco-de-Gama* à hauteur du Chili. C'est à n'y rien comprendre. On a cru d'abord à l'existence de récifs insoupçonnés jusqu'ici, à des modifications des grands fonds sous-marins.

« Mais va te faire fiche, les sondages n'ont rien donné. Un fait est là, pourtant, c'est que plus de trente bateaux, les plus grands, les plus beaux parmi la flotte marchande du monde, se sont évanouis en fumée dans un espace de six mois. Que diable ! la guerre sous-marine est finie et quand les Allemands torpillaient nos bateaux, on relevait au moins des épaves.

« Faut-il donc croire à l'existence du grand serpent de mer ? C'est donc lui qui les dévore, nos bâtiments, coques et passagers ? Mais les mâts et les machines doivent lui faire rudement mal à l'estomac.

« Ah ! monsieur le consul, que voilà une question troublante et angoissante et comme je comprends les hésitations du directeur de ma compagnie avant de laisser partir le *George-Washington*.

« M. Phipps, le président du conseil d'administration, m'a fait appeler dans son cabinet pour me dire que si j'acceptais de conduire le bateau à destination, il y avait pour moi une prime de dix mille dollars et qu'un capital de cent mille dollars était assurée à Mrs Shephearst au cas où je ne reviendrais pas.

« Mais j'espère bien qu'elle n'aura jamais à en bénéficier.

— Ce qui m'étonne le plus, capitaine, c'est la quantité de passagers qui n'ont pas craint de s'embarquer à votre bord. Je ne parle pas pour moi, qui devais, coûte que coûte, rejoindre mon poste, mais toutes ces femmes, toutes ces misses, qui paraissent avoir entrepris un voyage d'agrément...

— Ah ! oui, elles recherchent, comme elles disent, des sensations ! Maintenant, elles crânent, mais au départ elles n'en menaient pas large, et, pourtant, leur place était retenue et elles voulaient en profiter. Croyez-vous, monsieur le consul, qu'on aurait dansé ainsi entre Frisco et Honolulu ?

Et, de la main, le capitaine désignait les couples qui évoluaient maintenant sur l'air de *Hupa-Hupa*.

— A cette heure, ils sont tous sûrs d'arriver, les mauvais parages sont franchis et le grand serpent de mer ne fréquente pas celle de Chine. Il se réserve pour le large. Aussi, voyez, les hommes ont fait des frais, ce soir, les femmes ont arboré le grand pavois, je parle de leurs bijoux, car, pour ce qui est de leur toilette, elle ne les gêne guère. Tonnerre ! je ne sais ce qu'elles attendent pour se promener toutes nues ?

« Vous vous souvenez du départ ? des prières à bord tous les soirs ? A ce moment-là, c'était le pasteur et sa Bible qui remplaçaient les nègres du jazz-band. « Passé le danger, adieu le saint ! » comme on dit chez vous, monsieur ; regardez-les se trémousser, tous ces puritains, tous ces marchands de psaumes !

— Allons, allons, capitaine, abandonnez vos méchantes pensées et ayez pitié de vos passagers.

« Mais, dites-moi, la soirée s'avance, quelle heure est-il ?

— La soirée, monsieur le consul, vous voulez dire la matinée. Il est deux heures du matin. Dans une ou deux heures, au plus, il fera jour.

La lune venait de se lever pendant que les deux interlocuteurs échangeaient ces paroles. Le *George-Washington* semblait voguer sur une coulée d'argent.

Pas un bruit sur la mer.

Les puissantes machines du vapeur, elles-mêmes, semblaient retenir leur halètement pour ne pas troubler la majesté de l'heure.

Le jazz-band avait définitivement abandonné le fox-trot et autres steps pour se cantonner dans des tangos alanguis. Tout d'un coup, les lampes électriques qui formaient rampe sur le pont arrière s'éteignirent, et les couples continuèrent à évoluer, comme dans un rêve, sous les rayons de la lune.

Le consul de France et son compagnon, le capitaine du steamer, ne pouvaient s'empêcher de se laisser prendre au charme de l'heure.

Les dos des femmes, poudrés, blancs, livides sous la clarté lunaire, se détachaient sur les habits noirs, les smokings de leurs danseurs. Des parfums tenaces, capiteux, s'élevaient de ces groupes enlacés.

— Quelle heure exquise, murmura le consul.

— Oui, répondit doucement le capitaine, malgré tout, c'est beau, la vie, même pour ceux qui ne savent pas la comprendre !

« Allons, nous pouvons être tranquilles, nous arriverons à destination. Si je rentre avec autant de chance à San-Francisco, je crois que je pourrai me reposer. Ma prime, bien gagnée, me permettra de vivre de mes rentes.

— Il se fait tard, capitaine, et, puisque je ne danse pas, je vous demande la permission de me retirer ; bonsoir et . à tout à l'heure !

— Bonsoir, monsieur le consul, et que le jazz-band ne vous empêche pas de dormir.

L'orchestre attaquait maintenant le *Tango du Rêve...*

Quelques danseurs, fatigués, s'étaient laissés tomber dans les rocking-chairs, et se désaltéraient à des verres d'eau glacée que passaient des stewards nègres. On était sur un bateau américain et la prohibition s'y faisait durement sentir.

Les hommes et les femmes, échappés à la griserie de la danse, échangeaient entre eux des phrases insignifiantes

— Tiens, voici la lune qui se montre.

— Son apparition, qui nous a fait vivre dans un rêve, a été bien courte.

— Oui, et avec son départ, voici la machine, presque silencieuse jusqu'ici, qui semble reprendre de l'activité.

— Le commandant serait-il pressé ?

— Cette nuit était si belle !

— Oh ! mais, écoutez, ce bourdonnement, ces trépidations, la machine s'emballe.

— Mais, messieurs, s'écria une jolie blonde qui n'avait rien dit jusque-là, ce n'est pas la machine, qui fait ce bruit. On dirait que cela vient du large.

— Et, même, au-dessus de nous.

Tous tendirent l'oreille.

Le bruit insolite n'avait pas seulement été entendu de quelques-uns. Tous les passagers, ceux de l'avant comme ceux de l'arrière, l'avaient perçu, obligeant d'un côté les accordéons, de l'autre le jazz-band à se taire, pour mieux entendre.

Le ronronnement devenait de plus en plus distinct, vrombissant au-dessus du steamer, là-haut, quelque part dans le ciel. *Un vague effroi*, l'appréhension de l'inconnu, s'était étendu sur les passagers. Le capitaine Stephearst, appelé aussitôt, se trouvait au milieu d'eux et, aidé de ses officiers, il essayait de ramener la confiance.

— Ce n'est rien, ne vous troublez pas. Allons, mesdames, et vous, messieurs, vous n'allez pas vous affoler pour si peu. Un avion qui passe au-dessus de nous, voilà tout. Reprenez vos danses. Allons, l'orchestre, en avant et quelque chose de gai !

Il se retourna vers les nègres du jazz-band.

Plus personne ! Ils avaient fui !

— Allez me chercher ces gaillards, dit-il à deux de ses hommes qui l'avaient ... vi, et, s'il le faut, ramenez-les-moi ici à coups de trique. *By jove !* Il ne sera pas

dit qu'on désobéit au capitaine Stephearst, ce serait bien la première fois !

Le bruit était devenu de plus en plus violent et décelait nettement le halètement de plusieurs moteurs qui devaient être à grande puissance, si l'on devait les juger au vacarme qu'ils faisaient entendre.

Plusieurs belles passagères s'étaient évanouies de peur : cette fois, la « sensation » était un peu trop forte.

Quelques hommes sondaient la nuit avidement sans rien voir.

Le consul de France avait rejoint Stephearst :

— Eh bien ! capitaine, ne serait-ce pas là...

— ... L'appareil qui a détruit tant de steamers, acheva l'autre d'une voix basse et songeuse.

« Mais non, se reprit-il, ce n'est pas possible, ce n'est pas possible.

Tout à coup, le bruit avait cessé. Pendant deux minutes, personne, à bord, n'osa remuer. Le capitaine Stephearts, enfin, comme sortant d'un rêve, rompit le silence, beaucoup plus angoissant par son mystère que le bruit précédemment entendu.

— Voyez, mesdames, c'est fini ! Tout danger, s'il y en eut jamais, est passé. Je vous en prie, reprenez vos danses, dissipez ces fâcheuses impressions. Voici les musiciens qui reviennent ; allons, un bon fox-trot, chef d'orchestre, ordonna-t-il d'une voix qui ne plaisantait pas.

Les nègres, le visage d'une couleur terreuse, venaient en effet d'être ramenés par les matelots ; ils reprirent leurs intruments. Mais les danseurs de tout à l'heure ne les suivirent pas, et, au lieu de fox-trot, des centaines de voix affaiblies par la crainte entonnèrent un cantique qui monta vers le ciel.

Un éclair blanchâtre de dimensions énormes, accompagné d'un roulement semblable à celui du tonnerre, s'abattit à ce moment sur le pont du *George-Washington*, balayant en un instant tout ce qui s'y trouvait et enflammant le paquebot tout entier qui, bientôt, ne fut plus qu'un immense brûlot.

L'incendie se propageait rapidement. Quelques cris, qui n'avaient plus rien d'humain, fusèrent dans le cataclysme. Une fumée noire et épaisse, mêlée à l'odeur de chair grillée, tourbillonnait au-dessus du bâtiment.

En dix minutes, du magnifique steamer de la Pacific Star, il ne restait plus qu'une coque informe qui ne tarda pas à s'engloutir sous les flots de l'océan, avec un sifflement sinistre, tandis que de tous côtés, sur le lieu du désastre, retombaient des flammèches.

Une demi-heure après, on ne distinguait plus aucune trace à la surface du Pacifique de ce terrible accident, tandis que lentement, vers l'est, l'horizon s'éclairait des lueurs rougeoyantes du jour naissant.

CHAPITRE II

LE « FLORÉAL »

— Commandant ! un bâtiment, trois mille environ, bâbord.

— Bien ! mon garçon.

Et, se retournant vers son second, le commandant du sous-marin français *Le Floréal*, de la Division navale française de Chine, lui dit :

— Vous avez entendu, ce que le gabier vient de nous signaler. Puisque nous sommes en panne, laissons passer ce vapeur. A la distance où il se trouve de nous, nous ne le gênerons pas dans sa marche et il est inutile de l'ennuyer avec des signaux.

— Bien, commandant.

— Mais allez vous reposer, mon ami, je prendrai le quart. Il est bien plus de minuit. Venez me relever à quatre heures. Dormez bien.

— Merci, commandant, et bonsoir.

— Bonsoir !

Depuis huit jours, la Division navale française d'Extrême-Orient avait quitté ses bases pour une manœuvre de grande envergure organisée par le vice-amiral qui était à sa tête. Il s'agissait, en théorie, naturellement, de barrer la route à une forte escadre ennemie venant des côtes japonaises pour attaquer les ports de l'Indo-Chine française.

C'était là le motif apparent, public, si l'on peut dire, de la manœuvre, mais le

« pacha » (1) avait reçu de la Rue Royale des instructions secrètes qu'il n'avait communiquées qu'aux commandants de certaines unités.

Depuis quelque temps, en effet, un malaise mal défini régnait sur toutes les mers du globe, paralysant les échanges commerciaux, retardant les courriers, bloquant, dans les escales, des caravanes entières de voyageurs et de touristes.

On n'osait pas trop s'entretenir tout haut de la « chose » ; les gouvernements, ne sachant rien de précis, ne voulaient pas prendre de décision. Un fait cependant existait : de nombreux sinistres se produisaient en mer, dont la cause restait inconnue. Aussi, l'amiral avait-il pour mission spéciale de chercher à identifier dans sa sphère d'action quelle pouvait bien être l'origine de ces accidents qui jetaient le trouble dans le monde entier.

Et c'est pourquoi il avait choisi un thème de manœuvres l'éloignant le plus possible de ses bases et qui pût justifier ainsi le raid qu'il entreprenait sans éveiller l'attention des profanes et créer parmi eux un affolement plus grand encore que celui qui existait déjà.

En conséquence, tous les éléments légers de la Division, torpilleurs de haute mer, contre-torpilleurs, avisos même et surtout les deux sous-marins *Germinal* et *Floréal*, avaient été envoyés en avant le plus loin possible. Tout l'intérêt de l'expérience consistait justement à voir jusqu'à quelle distance ces petits bâtiments pouvaient arriver à se suffire à eux-mêmes.

Le *Floréal* était un sous-marin du dernier modèle, chauffé au mazout, qui avait

fait ses preuves pendant la guerre et après.

Monté par un équipage d'élite, il possédait en la personne de son commandant le digne chef qu'il lui fallait, et qui n'était autre que Mathieu Le Querrec.

Après avoir pensé, en effet, recourir au suicide, à la suite du choc terrible qui l'avait atteint lors de son voyage dans le Nord, aussitôt après l'armistice, le lieutenant de vaisseau s'était cependant incliné devant les devoirs de sa carrière et avait sollicité et obtenu le commandement d'un sous-marin *Le Floréal*, que nous venons de voir en action.

Une fois à ce poste, le jeune officier s'était occupé de se composer un équipage de son choix et, tout de suite, il avait fait appel à son ami Korfmatt, enseigne de vaisseau de première classe, de trois années moins âgé que lui, excellent garçon, gai, plein de vie, pétillant d'esprit, mais en même temps marin consommé. Naturellement, Mathieu avait aussi pris avec lui le premier-maître Jean-Marie Le Hellô, fils d'un matelot de son père, comme lui originaire de Saint-Malo, et même son frère de lait.

Il l'avait retrouvé sur l'*Aboukir* en 1914, au mouillage de Corfou, et, depuis, les deux jeunes gens ne s'étaient plus quittés.

Toujours de bonne humeur, Le Hellô se serait jeté dans le feu pour son commandant, et celui-ci, qui le savait, rendait en affection au brave garçon toute la vénération qu'il lui manifestait.

Depuis dix jours, donc, le *Floréal* croisait dans ces mers, loin de ses bases, et son commandant n'était pas peu fier des exploits accomplis par son bâtiment. Ce soir-là, après une dure journée, le sous-marin émergeait au repos, sur une mer

---

(1) Nom donné dans la marine de guerre française à un grand chef, capitaine de vaisseau, amiral, etc.

calmé. Sa croupe d'acier, grisâtre, était doucement caressée par de toutes petites vagues qui s'en approchaient comme avec hésitation, l'humectant légèrement, pour s'en éloigner aussitôt. Mathieu avait fait monter ses hommes sur la passerelle ; tous, même les mécaniciens, qui, plus que d'autres, enfermés dans leur cambuse, ont besoin d'air pur. Pendant des heures, ces grands enfants avaient causé du pays, de la lointaine et chère Bretagne, puis, au son de l'accordéon du bord, car il y a toujours un accordéon sur les bateaux de l'Etat, ils avaient chanté des chansons de chez eux, langoureuses et nostalgiques.

Maintenant, le commandant avait renvoyé tout le monde, se chargeant seul de la conduite de son bâtiment.

Mathieu aimait à prendre le quart par ces belles nuits tropicales où l'on semble voguer sous un dais de velours piqueté de points d'or.

Quelquefois, Le Hellô venait le rejoindre sur la passerelle et tous deux, soit par de rares paroles, soit par leur silence même, évoquaient le pays.

Le Querrec regardait machinalement le grand paquebot qui, maintenant, traversait sa ligne, à deux mille au plus, en avant, sans se douter que, si près de lui, un sous-marin français se tenait immobile.

— Voilà bien, pensait le commandant du *Floréal*, la meilleure démonstration de l'utilité et du danger à la fois des sous-marins. Voilà un « patouillard » énorme qui me côtoie sans m'apercevoir et je suis en surface !

A ce moment, le premier-maître Le Hellô remontait sur la passerelle, après avoir fait, comme chaque soir, l'inspection de tout le bord.

— Rien à signaler, commandant !

— Bien, mon brave. Regarde-moi cet « éléphant », s'il se promène avec tranquillité.

— Ma foi, il n'a pas l'air de s'en faire. Entends-tu l'orchestre, à bord ?

Là-bas, le paquebot filait tranquillement ses quinze nœuds, bonne allure de nuit.

Malgré la distance, des bouffées de musique arrivaient jusqu'au sous-marin. On distinguait de temps à autre la ritournelle d'un fox-trot connu, *We have no bananas !* ou quelque nouveauté bien française du même acabit.

— On voit qu'ils sont près d'arriver, dit le premier maître, qui, en dehors du service, redevenait l'ami, le camarade de son chef.

— Tu as raison, Jean-Marie, et je suis bien certain qu'ils n'étaient pas si joyeux en quittant San-Francisco.

— Dame ! avec tous ces sinistres qui désolent les mers du globe depuis quelques mois sans qu'on puisse les expliquer...

— Oh ! la cause, pour moi, n'est pas si mystérieuse que cela, des pirates quelconques...

— Des pirates ? Allons donc ! on les aurait vus !

— En tout cas, voilà un bateau que la perspective d'un danger, d'où qu'il vienne, ne trouble guère.

— Et il a raison, car, dans ces mers, il peut se considérer comme à l'abri.

« Mais une idée me vient. Nous allons le suivre en surface, le « sabot », sans qu'il s'en doute. C'est un exercice qui ne fatiguera pas l'équipage, puisqu'il n'aura rien à faire, et si tu veux rester près de moi, nous pourrons sans doute nous livrer à d'intéressantes expériences de repérage.

— A ton commandement.

— Allons, Jean-Marie, en route !

En un instant, les ordres furent donnés et le *Floréal*, sans bruit, prit la vitesse du stemer qui le précédait.

Pendant plus d'une heure, tout marcha bien.

Mathieu et Le Hellô, debout l'un près de l'autre, les yeux sur les étoiles, ou sur la surface de l'océan, ne disaient mot. De temps en temps, avec sa jumelle marine, le commandant, ayant fait une observation astronomique, la signalait par de brèves paroles à son subordonné qui en prenait note immédiatement.

Tout à coup, le premier maître toucha le bras du lieutenant de vaisseau :

— Entends-tu ?

— Oui, on dirait le bruit du moteur d'une vedette.

— Il n'y a rien sur la mer?

— Non.

— Parbleu, c'est en l'air qu'il faut la chercher, ma vedette. Ça, c'est un moteur d'avion.

— D'avion ? Un japonais, peut-être ?

— Va pour un japonais. Mais comme il se rapproche ! C'est un moteur d'au moins cent chevaux.

— Et même, ajouta Mathieu, ce n'est pas un moteur, c'est deux. Je distingue parfaitement les bruits.

Le commandant du *Floréal* parlait en connaissance de cause, car il était pilote breveté de l'école de Saint-Raphaël dont, pendant plus de deux mois, il avait conduit les hydravions au-dessus de la Méditerranée.

Le bruit augmentait de plus en plus en intensité.

Les deux marins, placés bas sur l'horizon, avaient un champ d'observation vaste et étendu.

Mathieu fouillait l'obscurité.

— Le voilà, dit-il tout à coup.

Et il désigna à son premier maître un point noir dans le ciel qui se détachait assez nettement sur la voûte bleue de nuit. Le Hellô vit un avion à peu près au-dessus du paquebot.

— Il est au moins à mille mètres en l'air, risqua-t-il.

— Non, car nous ne pourrions le distinguer, mais pour le moins à cinq ou six cents mètres.

— Tiens, son moteur s'arrête.

— Il ne bouge plus.

— Quel singulier appareil est-ce là ?

— Ses ailes, son fuselage doivent être noirs ou rouges, car on ne les devine pas.

— Mais c'est trop fort, que fait-il?

Le bruit avait cessé et l'avion fantôme, qui demeurait immobile dans l'atmosphère, se couvrait d'une sorte de nuée qui le rendait certainement tout à fait invisible du pont du paquebot, mais qui ne le dérobait pas aux regards des deux observateurs du *Floréal*. Ceux-ci le virent baisser, baisser jusqu'à une centaine de mètres au-dessus des mâts du steamer.

Toute cette manœuvre s'était effectuée en beaucoup moins de temps qu'il n'en faut pour la décrire.

— Voilà dit le Hellô, un particulier qui ne me paraît pas catholique.

— Je partage ton avis, approuva le commandant, et va vite réveiller les maîtres-pointeurs.

« J'ai idée que nous allons être obligés de nous servir de notre 75.

Le silence, maintenant, était complet sur le pont du paquebot. Et voilà qu'un cantique s'en éleva : « *Plus près de toi, mon Dieu!...* » Comme les passagers

u *Titanic* à l'approche du danger qu'el-
es devinaient, mille voix clamaient leur
ngoisse vers le ciel.

Les deux Français n'y comprenaient
lus rien.

Tout à coup, ils furent aveuglés par un
clair et renversés par un choc brutal sur
e plancher de leur passerelle. Redressés
ussitôt, ce fut pour contempler le paque-
ot en flammes. Mais, si violente et si
nattendue qu'ait été la secousse, ils
vaient eu le temps de voir qu'elle éma-
ait d'une décharge électrique produite
ar l'avion.

En effet, une sorte d'antenne s'était
éveloppée à l'avant de l'appareil et
'est de là que s'était échappé le fou-
droyant éclair. A sa lueur, tout l'horizon
'était éclairé, pendant un espace très
ourt, mais suffisant cependant pour permettre d'identifier la machine qui venait
de se rendre coupable de ce formidable
attentat.

— L'as-tu vu ? demanda Mathieu en se
relevant.

— Oui, c'est bien un avion, mais de
forme tout à fait inconnue.

— Et qui semble être blindé sur toute
sa carlingue. Il se soutenait sur place par
plusieurs hélices horizontales placées au-
dessous de la nacelle.

Tout l'équipage, réveillé par la détonation, apparaissait sur la passerelle. Les
marins restaient restaient muets d'horreur devant le spectacle terrifiant qui s'offrait à leurs yeux.

— Courons au secours de ce malheureux vapeur, dit Le Querrec.

— Pas la peine, commandant, regardez,
voilà déjà qu'il coule. Attention ! gare au
remous !

Tous se cramponnèrent de leur mieux à
la frêle rambarde. Le steamer disparais-

sait sous les flots au milieu des siffle-
ments produits par la rencontre de la
flamme et de l'eau, qui rougeoyait sinis-
trement.

Son agonie avait à peine duré quelques
minutes. Et déjà, de la passerelle du *Floréal*, on ne vit plus rien, quand un
énorme moutonnement de houle souleva
deux ou trois fois le sous-marin, puis tout
retomba dans le calme. C'était le dernier
adieu de la victime s'enfonçant pour jamais dans les profondeurs mystérieuses
de l'océan.

Tous les Français étaient glacés d'horreur.

— Mais alors, dit l'enseigne Korfmatt,
interrompant le silence, c'est ce même
avion qui a causé tous les sinistres signalés depuis quelque temps.

— Sans nul doute, répondit le commandant, et il n'y a rien à faire contre cet
engin avec les armes que nous possédons.
Comme je pointais moi-même notre pièce
de chasse contre lui, il a disparu.

— Et où est maintenant le pirate de
l'air ?

— Allume le projecteur, commanda Le
Querrec, nous allons croiser sur le lieu
du sinistre, peut-être pourrons-nous identifier un cadavre ou une épave.

Cinq minutes après la catastrophe, le
Floréal stoppait à l'endroit exact où l'accident s'était produit ; rien n'apparaissait
à la surface des flots, aussi calmes que
si rien ne s'y était passé.

— Pas un débris.

Quelques matelots, malgré tout, fouillaient le ciel du regard, cherchant à y découvrir le pirate.

— Inutile, garçons, leur dit Le Hellô, il
est loin.

— Mais qui peut-il être ?

— Je n'en sais rien, mais c'est lui qui

a détruit le *Verdun*, le *Croydon* et les autres.

— Et notre découverte, interrompit
Korfmatt, qui s'était approché, va faire
un joli chambard en Europe : l'avion fantôme, l'Avion-Noir ! Mais quelles machines ce gueux-là peut-il avoir à son bord
pour déterminer des décharges de cette
puissance. Si seulement nous avions pu
lui placer vingt-cinq kilos de mélinite
dans la carlingue, nous saurions maintenant à qui nous avons eu à faire.

— J'ai idée, lieutenant, que son blindage le met à l'abri de ces accidents-là.

— Commandant, par tribord, devant,
une épave !

Sans répondre et tout d'un coup plein
d'anxiété, Le Querrec fit diriger le sous-
marin du côté indiqué.

Bientôt, muni d'une gaffe, le gabier qui
l'avait signalée ramenait une bouée sur
laquelle on pouvait lire :

George-Washington

San-Francisco

P. S.

— Nous voilà fixés sur la nationalité
de la victime, dit Mathieu à son second.

Maintenant, nous n'avons plus rien à
faire ici. Je vais signaler l'événement
à l'amiral par T.S.F.

Une demi-heure après, la réponse au
radio du *Floréal* arrivait :

« Vous remercie de votre communication, de la plus haute importance. Ral-
liez, à toute vitesse, bases de la Division.
Je préviens Paris de la découverte que
vous avez faite et qui intéresse l'humanité
entière.

« *Signé :* KERDUDO. »

Le Querrec n'avait qu'à exécuter l'ordre
reçu et c'est ce qu'il fit immédiatement,
chargeant ses soupapes, pour donner son
maximum de rapidité.

Huit heures de navigation en surface ne
s'étaient pas écoulées que l'appareil ré-
cepteur de T.S.F. enregistrait un nouveau radio de l'amiral :

« Je reçois de Paris, en réponse, à ma
communication, le télégramme suivant :

« Ministre de la marine ordonne à commandant du *Floréal* ainsi qu'aux officiers
et matelots de son bord, témoins du naufrage du *George-Washington*, de rejoindre la France, immédiatement et sans délai, par les voies les plus rapides. »

CHAPITRE III

UNE SÉANCE A LA SOCIÉTÉ DES NATIONS

La gare de Genève-Cornavin présentait
ce matin-là une animation extraordinaire. Les employés français du P.-L.-M.
couraient de tous côtés, affairés, tandis
que leurs collègues suisses des chemins
de fer fédéraux, sortant pour une fois

de leur torpeur nationale, semblaient vouloir rivaliser d'ardeur fiévreuse avec eux. Aussitôt qu'un train arrivait, les voyageurs étaient rapidement canalisés, les bagages enlevés, comme si l'on eût voulu se hâter de laisser la place libre. Sur le quai principal, presque au bout, étaient rassemblés un groupe d'hommes, qui en redingote, qui en uniformes militaires ou diplomatiques. C'étaient les autorités fédérales et cantonales auxquelles s'étaient joints quelques colonels de l'armée suisse, et les principaux représentants du corps consulaire en fonctions à Genève.

Ces messieurs attendaient le train des « délégués ».

Cette expression mérite qu'on s'y arrête un instant. Genève, en effet, chacun le sait, a été choisie pour être le siège de cet organisme important dénommé « Société des Nations », qui a pour mission d'assurer la paix dans le monde en aplanissant les différends politiques et qui traite toutes les grandes questions qui intéressent la cause de l'humanité.

Rien d'étonnant donc que la Société ait été saisie du problème angoissant des sinistres si fréquents survenus dans toutes les mers du globe et qui faisaient peser une gêne énorme sur les échanges commerciaux entre les nations.

Le bureau de l'assemblée, composé de cinq membres de nationalité différente et présidé cette année-là par un éminent homme politique guatémaltèque, avait nommé des commissions où se rencontraient les meilleurs spécialistes du monde — à ce sujet, le délégué anglais, non sans humour, avait dit : pour avoir de bons spécialistes en matière de naufrage, nous devrions faire appel aux Allemands — et depuis des mois, ces savants

cherchaient, travaillaient, observaient, rédigeaient des rapports qu'ils ne pouvaient conclure, ne voulant pas avouer que, malgré toute leur science, ils n'arrivaient à aucun résultat.

Le télégramme lancé par le *Floréal* à la suite de la disparition du *George-Washington* avait fait l'effet d'un pavé dans la mare aux grenouilles.

En même temps qu'il agitait profondément les masses populaires, il mettait en émoi toutes les chancelleries des deux mondes. On ne peut s'imaginer les flots d'encre qu'il avait fait couler, les échanges de télégrammes qu'il avait causés ; les journaux s'étaient emparés des très brèves et très exactes déclarations de Mathieu Le Querrec à son amiral, pour broder là-dessus des romans complets.

Inutile de dire que Mathieu s'était systématiquement refusé à toute interview et que ceux qui l'avaient suivi en France, Korfmatt et Le Hellô, avaient observé la même consigne.

Cela n'avait pas empêché les mensonges de courir, plus impudents l'un que l'autre, sous toutes les latitudes. Il ne s'agissait plus d'un avion, mais de dix, de vingt, de cent, toute une flottille aérienne blindée sillonnant les airs en quête de meurtres et de crimes : certains exaltés avaient accusé les Allemands, les autres les bolcheviks d'être les inspirateurs de ces croisières de mort. Les gouvernements de Berlin et de Moscou n'avaient eu aucune peine à prouver leur innocence.

Enfin, après bien des tâtonnements, les différents Etats avaient réussi à se mettre d'accord pour envoyer à Genève leurs délégués, munis de pleins pouvoirs, en vue d'y régler définitivement cette angoissante question.

C'étaient ces délégués que les autorités, rassemblées, attendaient sur le quai de la gare de Genève-Cornavin.

Le convoi était en retard, et la foule, massée dans les cours d'arrivée, maintenue à grand'peine par les paisibles gendarmes genevois, manifestait ses sentiments par des chants où la *Marseillaise* alternait avec l'*Internationale*.

Tout à coup, un frémissement courut des quais jusqu'aux trottoirs extérieurs. Là-bas, un disque avait tourné. Le train entra en gare et s'arrêta. Parmi la foule des diplomates de toutes nuances qui en descendit, on put voir Mathieu Le Querrec, Korfmatt et Le Hellô, légèrement dépaysés au milieu de tous ces terriens ; les trois marins, seuls témoins du crime de l'avion mystérieux, avaient, naturellement, été conviés pour déposer sur ce qu'ils avaient vu à la barre de l'Assemblée.

Le jour même, à quatre heures, la Société des Nations tenait sa première séance solennelle et publique et, tandis que le président, l'honorable sénateur guatémaltèque señor Corrado y Pesenas, sous l'œil admiratif des belles Genevoises installées dans les loges, déversait des flots d'éloquence pour exposer l'objet de la réunion, un huissier, solennel comme un bedeau de cathédrale, s'approcha de lui et lui remit un télégramme officiel.

L'orateur en prit aussitôt connaissance et, l'ayant lu, sursauta au point que, pendant deux bonnes minutes, il ne put renouer le fil de ses idées.

Enfin, ayant retrouvé sa maîtrise de soi, l'honorable président, très ému, déclara :

— Messieurs, voici qu'on m'annonce à l'intant même deux nouveaux sinistres et des plus graves : un steamer de trente mille tonnes, le *Fieldmarshal-French*, et le superdreadnought *Edward-VII*, quarante mille tonnes, tous deux anglais, viennent de disparaître le même jour, l'un dans le golfe du Mexique, l'autre sur les côtes de la Guyane hollandaise.

Une voix de crécelle s'éleva :

— Je demande à l'Assemblée un vote de flétrissure solennelle...

C'était le délégué suédois.

Korfmatt, alors assis tout en bas de l'hémicycle à côté de Mathieu, attendant d'être interrogé, se pencha vers lui et lui dit à l'oreille :

— Les Turcs assiègent Constantinople et les Grecs discutent sur le sexe des anges !

— Messieurs, recommença le président...

— *Aoh !* je demande la parole, coupa le délégué anglais.

Le pauvre Corrado y Pesenas, pris entre son désir de parler et la demande de son compétiteur, ne savait que décider. Ses yeux errèrent de banc en banc, cherchant du secours. Un regard autoritaire de l'Anglais l'emporta et il lui livra la tribune.

— Messieurs, commença celui-ci, les bateaux de toutes les nations du monde sont menacés, et spécialement ceux de la Grande-Bretagne. Les discours ne servent à rien, il faut des actes.

« Je vous propose de voter immédiatement un crédit et de charger dès aujourd'hui une des nations signataires de notre pacte d'armer les bâtiments et les avions nécessaires pour assurer la sécurité des mers.

— Bien dit, envoya Korfmatt à son voisin.

— J'approuve entièrement notre honorable collègue, dit alors le délégué belge, mais, avant de voter, je vous demande, messieurs, d'entendre la déposition de l'officier de marine français témoin du sinistre du *George-Washington*.

En quelques phrases énergiques, concises et très claires, Mathieu mit alors son auditoire au courant de ce qu'il avait vu, et les applaudissements crépitèrent quand il se rassit.

L'Anglais l'interrogea :

— Selon votre opinion, monsieur, quelle force pouvait être celle de cet avion ?

— Je ne puis me prononcer avec certitude, mais c'est un appareil disposant de moyens inconnus jusqu'à nos jours, aussi bien pour sa marche que pour les décharges électriques qu'il peut produire. Songez que l'étincelle qui nous a presque aveuglés couvrait dans toute sa longueur le pont du *George-Washington*.

— Alors, pour réussir à atteindre et détruire cet aéroplane, il faudrait... ?

— Il faudrait, messieurs, un hydroplane, d'une très grande force, blindé, ignifugé surtout, et suivi d'une escorte de bâtiments où il pût éventuellement trouver un refuge.

— Bien, monsieur, je vous remercie.

Mathieu regagna sa place au milieu des acclamations et des œillades engageantes des tribunes. Mais il y pensait bien ! Toute son attention s'attachait à deviner les décisions qui allaient être prises par l'Assemblée.

Le délégué anglais précisait justement ses propositions :

— Je demande, disait-il, que ce soit à la France — naturellement — que re-

vienne l'honneur de construire et d'armer l'expédition destinée à anéantir l'Avion-Noir.

Et il ajouta :

— J'insiste même pour que le lieutenant de vaisseau Le Querrec, que vous venez d'entendre vous exposer la question d'une manière si simple et si lumineuse à la fois, soit immédiatement chargé de la préparation et de la direction de la campagne.

— Aux voix, proposa le président.

Les urnes circulèrent, et, dix minutes après, le monde apprenait que les quarante nations réunies à Genève avaient, à l'unanimité, confié à la France la mission de purger le ciel du fléau qui le déshonorait.

Le délégué français se leva :

— Au nom de mon pays, je remercie l'Assemblée de la confiance qu'elle vient de lui manifester.

« La France fera tout ce qu'il est en son pouvoir pour réussir dans cette entreprise dont dépendent l'avenir et le bonheur de l'humanité.

Un tonnerre d'applaudissements retentit.

— L'Assemblée, prononça alors le président, l'honorable Corrado y Pesenas, se réunira demain à quinze heures, en séance solennelle et plénière, pour entendre le rapport de notre collègue, le délégué de la République de Libéria, sur le travail des filles mineures dans les cirques.

La séance est levée.

CHAPITRE IV

LE « VENGEUR »

— Tiens ! il me manque une plaque pour le blindage avant.

— Va-t'en la chercher au dépôt, au lieu de raconter des boniments, elle ne viendra pas toute seule.

C'était un quartier-maître et un matelot, tous deux en cotte bleue, qui discutaient ainsi. Le hall où travaillaient les deux hommes renfermait un appareil aérien tel qu'on n'en avait jamais vu.

A Mathieu Le Querrec, comme il avait été convenu à Genève, avait été confiée l'organisation de l'expédition armée pour poursuivre l'Avion Noir.

Aussi, immédiatement, l'ancien chef du *Floréal* s'était mis en campagne et avait recueilli les conseils des grands constructeurs de matériel aéronautique. Sur leurs avis, ils s'était arrêté à un type d'hydravion Bréguet très puissant, très pratique et à la fois très souple, auquel sa propre expérience, aidée de celle de Korfmatt, avait apporté des améliorations très appréciables, qui, petit à petit, avaient transformé l'appareil primitif en un avion d'un modèle tout à fait inédit.

Les travaux étaient presque terminés et, ce jour même, Mathieu devait présenter son hydravion à l'amiral Moisoux, délégué spécialement par le ministre de la Marine pour l'inspecter.

Aussi, les deux matelots, que nous venons de voir y donnant la dernière main, se hâtaient-ils de finir leur ouvrage. Il était dix heures, et à onze heures, le « pacha », accompagné des officiels, devait être à l'atelier. Construit tout exprès sur le plateau de Meudon, celui-ci s'élevait sur les terrains réservés de l'Observatoire, afin d'en interdire plus facilement l'accès au public.

Il fallait, en effet, éviter avant tout les indiscrétions de la presse qui pouvaient renseigner le mystérieux ennemi que Le Querrec était chargé de combattre.

Le temps passait ; les deux mécaniciens donnaient un dernier coup, quand un ronflement d'automobile se fit entendre.

— Attention, dit le quartier-maître, les voilà.

Et avec son matelot il se raidit dans un garde à vous impeccable.

La porte glissa dans les rainures qui la maintenaient. Mathieu entra, s'effaçant pour laisser passer l'amiral Moisoux, accompagné d'un civil, de taille plutôt petite, à la forte moustache, à l'œil intelligent et un peu rêveur, et sur le visage duquel se lisait une extrême bonté. C'était M. Delafosse, grand savant, en même temps qu'homme politique, qui s'intéressait très vivement à toutes les choses de l'aviation, ayant accompagné lui-même, aux temps héroïques, les frères

Wrignt dans leurs premiers vols d'essai au camp d'Auvours. Il n'avait pas dédaigné lui-même d'aider de ses précieux conseils Mathieu et l'aurait volontiers accompagné si son mandat de député ne l'eût retenu à Paris.

Un officier d'ordonnance de l'amiral, le capitaine de corvette Didelot, accompagnait le petit groupe.

— Eh bien ! commandant, s'écria M. Delafosse, le voilà terminé, ce *Vengeur*, toutes mes félicitations.

C'était, en effet, le nom qu'avait choisi Le Querrec et celui-ci s'étalait en lettres noires sur le blanc des cocardes tricolores qui ornaient les deux ailes.

— Oui, monsieur le député. Le *Vengeur* est prêt et il prendra les airs dès que l'amiral ici présent en donnera l'ordre.

— Alors, ce sera dès demain, mon cher ami, et je suis sûr que votre avion méritera son beau nom et qu'il vengera sur son adversaire inconnu tous les crimes que celui-ci a commis.

— A votre disposition, amiral. Mon équipage est paré.

— Rappelez-moi donc qui vous emmenez.

— Voici, amiral : puisque j'avais carte blanche, j'ai choisi, comme second, l'enseigne Korfmatt que son habileté et ses expériences à Issy ont rendu célèbre parmi tous les pilotes de la marine.

« De plus, je l'ai eu à mon bord sur le *Floréal*, je suis sûr de lui. C'est un garçon que rien n'arrête, brave et réfléchi ; il passerait partout.

— Oh ! oh ! commandant, il fait bon être de vos amis, vous savez les faire valoir.

— Quand ils le méritent, monsieur le député. Avec Korfmatt, j'emmène le premier maître Jean-Marie Le Hellô, qui est un observateur de première force et qui, avec moi, a aperçu l'avion incendiaire. Son grade lui donnera toute autorité sur le reste de l'équipage qui sera composé de cinq hommes, deux mitrailleurs, deux pointeurs-mécaniciens et un gabier.

— Deux mécaniciens, j'en comprends la nécessité, mais deux pointeurs-mécaniciens, qu'entendez-vous par là ?

— Je veux parler, monsieur le député, de deux matelots, capables de réparer les avaries éventuelles de nos moteurs, et susceptibles en même temps de servir nos deux canons de trente-sept millimètres.

— Des canons ? Sur un hydravion ?

— Mais oui, donnez-vous la peine de regarder, et ce que vous verrez vous expliquera mieux que tout ce que je pourrais vous dire.

Le petit groupe se rapprocha alors de l'appareil.

C'était un triplan, monté sur roues en aluminium qui surélevaient légèrement les deux flotteurs, également en aluminium, mais chromé, c'est-à-dire à l'abri des perforations des balles.

Les trois étages d'ailes étaient de même métal et revêtus d'épaisses feuilles d'amiante qui les rendaient tout à fait insensibles aux attaques des flammes.

Les réservoirs d'essence étaient noyés aussi au milieu de cette matière ignifuge comme la nacelle, entourée extérieurement d'un blindage invulnérable aux balles de mitrailleuses.

Deux énormes hélices se dressaient à l'avant, reliées à deux moteurs indépendants, chacun d'une force de dix-huit cents chevaux.

L'aspect extérieur de la carlingue, qui pouvait être complètement fermée, ressemblait assez à une grosse carapace.

— Vous avez réalisé là, mon cher ami, dit l'amiral, un appareil formidable dont les plans ne m'avaient donné qu'une idée bien imparfaite. Lancé dans les airs, et livré à ses propres forces, un bolide de cette puissance doit tout démolir sur son passage et je plains votre adversaire.

— C'est que j'ai de bonnes raisons de croire que son appareil, son Avion Noir, est doué de moyens peu ordinaires, amiral, et je veux essayer de lutter à armes égales.

« Mais, montez donc, s'il vous plaît, nous examinerons l'intérieur.

Mathieu avait ouvert une des portes blindées donnant accès au réduit où devait se tenir tout l'équipage. C'était un long boyau d'aluminium percé de meurtrières et hublots avec verres à l'épreuve de la balle.

A travers ces ouvertures, deux mitrailleuses, une de chaque côté, pouvaient étendre leur canon menaçant. A l'arrière, deux petits canons-revolvers de trente-sept millimètres, dans leur gaine de cuir, semblaient en pénitence.

— Mais comment tirerez-vous ?

— Voyez, en face de chaque pièce, il y a un panneau qui se rabat ; de la sorte, chacun de ces joujoux commande quarante-cinq degrés d'horizon et c'est suffisant.

Le poste d'équipage qui devait être commun à tous, officiers et matelots, contenait, outre les sièges prévus pour chacun des occupants, une cuisine entièrement électrique et portait sur chaque face des anneaux où l'on pouvait accrocher des hamacs.

Ainsi donc, le Vengeur pouvait rester en l'air, ou amerrir pendant des jours et des jours, ses pilotes et son équipage étaient sûrs d'y trouver les conditions de confort nécessaires pour les empêcher de succomber à la fatigue.

— Je ne puis qu'admirer votre esprit d'organisation et d'invention, dit M. Delafosse. Voilà le vrai type de l'avion pour grands voyages ou pour longues expéditions militaires.

— C'est une expérience que nous allons tenter, monsieur le député ; en tout cas, notre Vengeur tient l'air merveilleusement, il a été d'un rendement parfait aux essais.

— Ici, devant, voilà la place du pilote, avec toutes les commandes à portée de sa main. Mais à côté de lui ?

— A côté sera l'observateur. En principe, Le Hellô, qui sera chargé aussi du maniement de la T. S. F.

— Mais qui pilotera l'appareil ?

— Korfmatt et moi, à tour de rôle.

— Il ne nous reste, commandant, qu'à vous souhaiter bonne chance et surtout bonne chasse.

— Je l'espère, monsieur.

— Et je regrette de ne pouvoir vous accompagner. Vous allez accomplir là non seulement un raid des plus intéressants, mais une mission hautement humanitaire.

— A propos, interrompit l'amiral, avez-vous, mon cher ami, toutes les munitions et les conserves nécessaires ?"

— Non, et précisément, amiral, je voulais vous demander les bons indispensables pour que Vincennes nous livre tout cela sans difficultés.

— Vous allez revenir avec moi au ministère. Je vous les délivrerai. Et l'essence ?

— Mes réservoirs sont pleins et j'ai, en plus, une provision de trois cents litres.

— Bon, les deux torpilleurs de haute

mer *Haoussa* et *Tonkinois*, qui vous escorteront et vous serviront de base flottante, embarqueront chacun deux mille litres d'essence. Je crois qu'avec une telle quantité vous êtes paré pour le tour du monde.

— Merci, amiral.

— D'ailleurs, à Cherbourg, vous pourrez voir sur place.

« Donc, demain, à cinq heures, départ. A votre service, monsieur le député.

— Je n'aurais garde d'y manquer, amiral, si mes occupations ne me retenaient ; mais les autorités...

— Il n'y aura pas d'autorités. Le départ du *Vengeur* sera tenu secret et sa mission ne commencera officiellement qu'à Cherbourg.

CHAPITRE V

LE DÉPART

Le lendemain, dans la nuit du 23 au 24 juin 192..., rassemblés sur le champ d'aviation du plateau de Meudon, près de leur appareil, Mathieu Le Querrec, son état-major et son équipage attendaient en causant entre eux.

— Voilà le jour qui approche, mes amis, disait le commandant.

— Quatre heures trente, précisait Korfmatt.

Au même moment, un planton accourait vers eux en agitant dans sa main droite un papier jaune :

— Un télégramme officiel de Bordeaux, commandant !

Avidement, Le Querrec le lui arracha des mains et lut à haute voix :

« *Don-Jaime*, dix mille tonnes, espagnol, coulé quatre heures, îles du Cap-Vert. »

Il n'y avait plus à hésiter.

— En avant ! mes amis, cria-t-il.

Et, en un instant, chacun est à son poste dans la carlingue.

Korfmatt met le moteur en marche. A cette heure, le terrain est désert, et les hardis navigateurs de l'air n'ont pour les saluer au départ que quelques-uns des officiers du génie chargés de la garde et de l'entretien du terrain d'aviation.

— Bonne chance ! mon cher camarade, crient-ils à Le Querrec.

— Merci.

— Nous téléphonons la nouvelle de votre départ à la Présidence du Conseil.

— Oui, et dites-leur que je me tiendrai continuellement en communication avec la Tour Eiffel, par mon poste de T. S. F. Dans une heure, nous serons à Cherbourg et nous appareillerons aussitôt.

— Bien, et, encore une fois, bonne chance !

Korfmatt, qui s'est assis au siège du

pilote, embraye ; immédiatement, les hélices se mettent en mouvement, balayant
tout devant elles et entraînent le *Vengeur* qui, d'abord, s'élève lentement, puis
tout d'un coup se cabre sous les premiers
feux du soleil et monte vers le zénith.

A l'arrière flotte une longue flamme tricolore. Ceux qui sont restés à terre, émus,
suivent des yeux l'appareil qui emporte la
confiance du monde entier ; à peine ont-
ils le temps de voir une main s'agiter
pour répondre à leurs signaux, déjà, le
Vengeur n'est plus qu'un point à l'horizon.

Il est quatre heures quarante-cinq, et le
commandant du parc peut téléphoner à
la Présidence du Conseil que l'hydravion
est parti avec une demi-heure d'avance
sur l'horaire projeté.

. . . .

Le *Vengeur* fendait l'air en ligne droite,
solidement maintenu par Korfmatt dans
une direction impeccable : Cherbourg. La
distance qui sépare Meudon de ce port
était facile à franchir et exactement qua-
rante-sept minutes après avoir quitté leur
point de départ, les hardis voyageurs
voyaient se dérouler au-dessous d'eux
l'immensité de la mer, encore grise à cette
heure matinale.

Le Querrec, les yeux sur la carte, gui-
dait son second.

— Diminue ta vitesse, mon vieux.

— Voilà !

Immédiatement, un des moteurs se tut,
puis l'autre l'imita et les deux hélices ces-
sèrent bientôt de tourner.

— Nous allons survoler Cherbourg
sans nous arrêter, dit Mathieu ; toi, Le
Hellô, mets-toi de suite en communication avec le *Tonkinois* et le *Haoussa*, les
deux torpilleurs de haute mer qui doivent
nous escorter.

— Nous escorter, commandant ?

— Je te comprends, tu veux dire
qu'avec leurs trente-six nœuds, ces deux
pauvres barques auraient du mal à suivre nos trois cent cinquante kilomètres à
l'heure. Tu as raison. Mais sois tranquille, l'important pour nous est que
nous les retrouvions au rendez-vous que
nous leur fixerons, car ce sont nos réservoirs d'essence, et même peut-être seront-
ils un jour nos bouées de sauvetage.

— Bien, commandant, je vais les attaquer.

Et, casque en tête, le premier maître
lança à travers l'atmosphère les appels
conventionnels.

Une sonnerie grêle retentit.

— Je les tiens, dit-il.

— Envoie, riposte le lieutenant de vaisseau. Je te dicte :

« Ici, le *Vengeur*. Bonjour ! Etes-vous
aux postes d'appareillage ?

— Voici la réponse, ajouta aussitôt Le
Hellô :

« Parés ! A vos ordres. Quand partons-
nous ?

— Immédiatement. Direction sud-
ouest. Point de rassemblement : Porto-
Praya, île de Santiago, archipel du Cap-
Vert. En avant !

Pendant cette conversation télégraphi-
que à travers l'espace, le *Vengeur*, qui
avait repris sa marche au ralenti, s'était
insensiblement rapproché du sol et pla-
nait au-dessus de la ville même de Cherbourg.

Les quais du port, la jetée, la fameuse
digue, tout était noir de monde. La statue
de bronze de Napoléon, elle-même, envahie par les curieux, disparaissait sous
les groupes grimpés sur le cheval et jusque sur la tête du grand empereur. Du
haut de l'avion, on voyait tout cela grouil-

ler et s'agiter, faire des gestes, tandis que, non loin des quais, des torrents de fumée noire, emportés aussitôt par la brise de mer, s'échappaient des cheminées des deux torpilleurs sous pression et semblables, vus de là-haut, à deux vedettes.

— Regardez-les, Korfmatt, dit Le Querrec à son enseigne. Deux bons bateaux que ces petits-là, huit cents et douze cents tonnes, mais une étrave d'acier et quarante nœuds aux essais !

— Qui donc les commande ?

— Le *Tonkinois* est sous les ordres de Duc, et c'est Lefrançois le pacha du *Haoussa*, tous deux lieutenants de vaisseau, des as de la guerre.

— Commandant ! regardez-moi ce populo !

C'était Le Hellô qui entrait dans la conversation. En effet, en bas, la foule s'agitait de plus en plus.

— Les « grosses légumes » se sont dérangées, dit Korfmatt en désignant un groupe chamarré, séparé de la foule par un cordon de gendarmes.

— Ce doit être l'amiral préfet maritime et son état-major.

— Des civils aussi.

— Sans doute, le maire de Cherbourg.

— Bah ! qu'importe ?

On devait, en effet, à Mathieu Le Querrec la gloire et les acclamations de tout un peuple. Il n'avait pas accepté ce poste dangereux dans un but de gloriole ou d'avancement.

Il avait cru qu'en risquant sa vie, il se ren-

dait utile à la France et, tout à son devoir, il oubliait dans les obligations qu'il lui créait les tristes événements qui avaient fait le malheur de sa vie.

Songeur, il laissait errer son regard sur le port, où, serrés les uns contre les autres, se tenaient rangés dans un ton de grisaille uniforme les bâtiments de la défense mobile.

Une main se posa sur l'épaule du commandant. C'était Korfmatt.

— Les « barques » démarrent, mon vieux. Et nous ?

A cette voix amie, Mathieu sursauta. La réalité le reprenait. Sans répondre aussitôt, ses yeux cherchèrent le *Tonkinois* et le *Haoussa*. Rapides, les deux petits bateaux sortaient de la digue, acclamés par la foule : les matelots à la bande, impeccables, saluaient la terre qui s'éloignait ; des éclats d'une *Marseillaise* enfiévrée parvenaient jusqu'au *Vengeur* vers lequel se tendaient des milliers de bras enthousiastes, tandis qu'il virait dans l'air calme du matin.

Le moment solennel était venu.

— Direction ouest-sud-ouest, vers la côte d'Espagne, dit le commandant.

Immédiatement, le pilote donna toute la vitesse. L'appareil se redressa comme un bon cheval sous la main de son maître et piqua droit vers le point indiqué, tandis que Le Hellô, dans un suprême geste d'adieu à la terre de France, agitait dans l'air une des longues flammes tricolores qui portaient le nom du *Vengeur* en lettres d'or.

CHAPITRE VI

L'ÉPAVE

Une trépidation continue secouait l'appareil qui trouait l'espace à une allure folle, au milieu d'un ronflement de tonnerre.

Le Querrec voulait profiter de ce premier voyage au-dessus de la mer, sans aucun obstacle, pour faire donner à ses moteurs toute leur puissance. Les matelots d'équipage, si aguerris qu'ils pussent être, se cramponnaient instinctivement à leurs sièges où les attachaient des courroies de sûreté.

Tous les hublots avaient été fermés et il n'eût pas fait bon passer la tête au dehors. La gifle du vent aurait été formidable ; en effet, le compteur de vitesse placé devant le pilote marquait déjà trois cent quatre-vingts kilomètres à l'heure.

— Ne juges-tu pas cette allure suffisante ? demanda Le Querrec à son secoud.

Celui-ci, les mâchoires violemment contractées, se contenta de répondre d'abord par un signe de tête négatif, puis :

— Nous pouvons mieux ! Quatre cents !

— Quatre cent vingt ! renchérit Le Hellô.

C'était un vrai tourbillon, et cette vitesse laissait loin derrière elle tous les records précédemment établis.

— Quatre cent cinquante ! dit alors Korfmatt. C'est notre maximum.

Penché sur sa machine, comme un jockey sur sa monture, il semblait l'encourager de la voix et du geste. Pendant cinq minutes, il se maintint à cette allure. On entendait les bielles et les soupapes des puissantes mécaniques fonctionner avec une régularité véritablement rassurante, puis petit à petit la vitesse diminua et enfin les moteurs s'arrêtèrent.

L'enseigne, alors, embraya l'hélice horizontale qui transformait le *Vengeur* en hélicoptère, et presque silencieusement, doucement, l'appareil descendit vers les flots bleus de l'océan, où il se posa avec un calme tranquille et majestueux, aussi en équilibre sur ses flotteurs que sur le sol du meilleur aérodrome.

— Eh bien ! Mathieu, interrogea le pilote, que penses-tu de notre « zinc » ?

— Epatant, mon cher, mais je ne sais qui vaut mieux du pilote ou de l'instrument.

— Pas de compliments, va ! et réserve-les pour les moteurs. En voilà de la bonne marchandise ! As-tu entendu cette musique pendant que nous faisions du quatre cent cinquante ?

— Vous appelez cela de la musique, lieutenant, interrompit Le Hellô, dites plutôt un sacré tintamarre. Et rien n'a bougé ?

— Absolument rien, veux-tu voir ?

D'un coup de pédale, l'officier remit son moteur en mouvement. Aussitôt, le *Vengeur*, docile, sans éclaboussures, s'enleva de l'eau.

— Magnifique, dit le commandant,

Mais arrête-toi. Nous allons déjeuner, les enfants, car la journée peut être dure et profitons de cet instant de tranquillité.

Mathieu, une fois de plus, se montrait le chef qui pense à tout, et ses hommes l'adoraient pour ses attentions, sûrs de lui et certains qu'il veillait sur eux. Un des quartiers-maîtres spécialement chargé de la popote eut vite fait de confectionner, au moyen d'une bouilloire électrique, un savoureux café, accompagné de biscuits et de conserves que tout l'équipage, officiers et matelots, partagea fraternellement. Profitant de ce moment de détente, le commandant prit la parole :

— Les enfants, je vais vous exposer le programme de la journée afin que chacun sache bien ce qu'il aura à faire. D'après la boussole et étant donné la vitesse qu'a fournie notre avion depuis son départ de Cherbourg, nous devons nous trouver ici au milieu du golfe de Gascogne, à cent cinquante milles environ des côtes espagnoles.

« J'ai donné rendez-vous à nos convoyeurs, *Tonkinois* et *Haoussa*, aux îles du Cap-Vert où ils ne peuvent se trouver avant cinq ou six jours, même en forçant leurs feux. Nous avons donc le temps de louvoyer et d'explorer les airs.

« La croisière sera dure, je vous en préviens.

— On est paré, commandant !

— Je le sais et vous êtes de braves gars. Autant que nous le pourrons, nous nous reposerons huit heures sur vingt-quatre et, si possible, en flottaison, comme maintenant, quand la mer sera calme. Mais en marche, je vous demande toute votre attention. Toi, le gabier, il ne te faut pas un seul instant de distraction, et vous, les artilleurs, soyez prêts à tirer et à toucher au premier signal.

— A vos ordres commandant. Tant que vous voudrez, le principal pour nous est d'atteindre rapidement et de détruire ces bandits.

— Oui, mes amis, et maintenant nous allons repartir.

Les instructions de Le Querrec s'exécutèrent point par point. Tout le jour, le *Vengeur* sillonna l'espace sans rien découvrir à l'horizon. La nuit vint, qui se passa sans incidents, l'appareil en amerrissage, doucement bercé par une très faible houle.

A l'aurore, Le Hellô, qui était de quart, se préparait à réveiller ses compagnons, lorsque, examinant la surface de la mer, il lui sembla apercevoir dans le lointain comme une tache noire qui flottait sur l'eau. Il avait les paupières lourdes de ceux qui se sont réveillés très tôt, et, pour mieux s'assurer de ce qu'il voyait, il ouvrit un des hublots de l'avant. Une bouffée d'air frais entra dans la carlingue hermétiquement close jusqu'alors et rendit toute sa vigueur à l'observateur qui, laissant échapper un juron, s'empara aussitôt d'une lorgnette de précision :

— Une épave ! murmura-t-il entre ses dents.

Le *Vengeur* n'était pas un bateau de sauvetage ; pourtant le simple devoir d'humanité lui commandait de reconnaître cette épave que le hasard envoyait dans ses parages.

— Commandant ! commandant ! appela le premier maître.

— Qu'y a-t-il ?

— Une épave, par bâbord devant !

— Qu'est-ce que tu me chantes là ?

— La vérité, voyez vous-même.

Le fait était là, et le temps de réveiller Korfmatt, qui bondit au volant, l'hydravion glissa rapidement sur les flots tranquilles, actionné par deux petites hélices disposées à l'arrière des flotteurs.

A peu de distance de l'épave signalée, Le Hellô, qui observait, dit :

— C'est une barque, un youyou, avec trois passagers, ils nous ont vus et nous font des signes.

En effet, un petit bateau était tout proche, le *Vengeur* progressa encore pour s'arrêter à quelques mètres de lui. Trois hommes occupaient cette embarcation, les vêtements mouillés et collés au corps, les cheveux plaqués sur le visage : certainement, ils avaient fait tout récemment un assez long séjour dans l'eau. Leurs traits ravagés accusaient une grande fatigue et une forte dépression morale.

— Qui êtes-vous ? leur demanda en français Le Querrec.

Sa question étant restée sans réponse, Korfmatt, le polyglotte, la renouvela en portugais, frappé par le teint noir et basané des naufragés. Il avait deviné juste, car tous trois répondirent à la fois :

— Nous sommes les derniers survivants du *Jacinto*, de Rio de Janeiro, coulé, il y a trois heures à peine, non loin d'ici, par les pirates de l'air qui ravagent en ce moment l'Atlantique.

— Comment ? coulé dans ces parages ?

— Oui, señor officier, un peu avant le jour. Et un si beau bateau et si brave !

« Le *Jacinto*, quatre mille tonnes, señor, et d'un seul coup, par le fond. Ah ! les bandits ! les bandits !

— C'est un peu fort, s'écria Mathieu, voilà un crime qui s'est commis à quelques milles de nous, et nous n'avons rien vu, rien entendu !

« De quels moyens dispose donc cette canaille pour pouvoir voler par une nuit aussi calme sans que rien n'ait décelé sa présence ? Mais où alliez-vous ?

— A Rio, señor officier, sur lest, venant de Lisbonne.

— Expliquez-moi donc exactement, en rassemblant vos souvenirs, comment ce malheur est arrivé ?

— Voici, señor ; nous avions quitté Lisbonne le premier juin, après y avoir amené un chargement de peaux, naviguant sur lest, faute de fret, puisque ces naufrages répétés terrorisent tous les commerçant.s

« Notre traversée s'était effectuée sans incidents, et nous commencions à rire des recommandations qu'on nous avait avait faites au départ. Le *Jacinto* filait doucement ses dix nœuds pour économiser ses soutes.

« La nuit dernière, la bordée de quart venait de monter — nous en étions et c'est ce qui nous a valu la vie sauve — quand tout à coup, à très peu de distance, retentit une série de détonations si sèches, si formidables qu'on aurait dit de très courts et très violents coups de tonnerre.

« Immédiatement, voilà notre bateau qui prend de la bande, si fortement, que, nous trois, à l'arrière, nous avons passé par-dessus bord. Nos ceintures nous ramenèrent à la surface, juste à temps pour voir notre *Jacinto* disparaître corps et biens.

« Nous nagions désespérément, mais nos forces nous auraient trahis, sans ce youyou que nous avons trouvé, flottant la quille en l'air : seul débris de notre bateau ! Heureusement que vous nous avez aperçus.

— Mes pauvres amis, nous ne pouvons pas grand'chose pour vous, sur cet hydravion où déjà la place nous est très mesurée. Du moins, allons-nous vous passer quelques-unes de nos provisions.

— Mille mercis ! señor officier, dit le
[p]lus âgé des naufragés qui semblait aussi
plus intelligent et le moins abattu.
[me]rci. Mais, avec votre appareil de
[T.] S. F., ne pourriez-vous avertir Rio du
[ma]lheur qui nous arrive ?

— Nous allons faire mieux, mon ami.
[No]tre *Vengeur* est spécialement armé
[po]ur la chasse aux pirates qui vous ont
[pil]lés. Le temps de faire le point, voici
[le] soleil, et nous allons gagner le port le
[pl]us proche pour demander qu'on vienne
[à v]otre secours.

[P]endant cette conversation, Le Hellô
[av]ait déjà sorti les instruments et, sextant
[en] main, il avait déterminé la position
[ex]acte des naufragés, tandis que les
[ho]mmes de l'équipage les contemplaient
[cu]rieusement par les hublots.

— ... 32° 51' longitude et 48° 27' lati-

tude, commandant, dit le premier maître.

Un regard sur la carte, et Mathieu répondit :

— Bien ! Dans ces conditions, en une
heure et demie nous pouvons être à Rio.
Tâchez, autant que possible, de vous
maintenir dans cet endroit, et demain,
dans la journée, vous verrez certainement
arriver le bateau qui, dès ce soir, sur mon
rapport, partira à votre secours.

— Mille grâces, señor officier. Nous
vous devons la vie.

— Bon courage, mes amis ; nous partons.

Le *Vengeur* fit un virage sur lui-même.
Le tonnerre des moteurs retentit et, devant les yeux des trois naufragés effarés,
l'aéroplane monta, monta vers le zénith,
pour disparaître à l'horizon, comme dans
un rêve.

CHAPITRE VII

A RIO DE JANEIRO

[D]eux heures à peine après avoir quitté
[le]s naufragés, le *Vengeur* était en vue de
[Ri]o de Janeiro. Par les hublots ouverts,
[to]ut l'équipage de l'hydravion, officiers
[et] matelots, considérait l'immense ville
[qu]i semblait venir au-devant d'eux.

[S]ur leur droite, ils apercevaient l'île de
[Sa]n-Fernando-de-Naronha, qui pointe
[ver]s le ciel comme une sorte de clocher :
[c'e]st là que le gouvernement brésilien en-
[fer]me ses prisonniers politiques.

Puis voici Rio l'ensoleillée, avec son
immense baie, sans rivale au monde, en
forme de coupe somptueuse, et, tout autour, la majesté souriante de sa ceinture
de hautes collines. L'azur du ciel se re-
flète dans ses eaux calmes, d'un bleu plus
pur encore.

Déjà on voyait la Tijerca, un des plus
hauts sommets parmi ceux qui entourent
cette ville qui semble toute neuve, percée
par de larges avenues claires, bordées de

monuments d'un blanc éclatant sous les rayons d'un soleil torride.

Mais les maisons, les palais, tout disparaît au milieu des arbres qui, ici, sont des bouquets de fleurs, violettes, jaunes, rouges, écarlates, bleues, blanches : ni chênes, ni peupliers, ni ormes, ni marronniers, aucune de ces essences de chez nous, mais des bambous, des palmiers, des fougères arborescentes...

Tout le panorama de la baie de Rio se déroulait aux pieds des aviateurs, avec ses petites îles parsemées de cocotiers rigides, dont les palmes s'épanouissent dans le ciel bleu, avec ses montagnes qu'une buée mauve estompe et dont on n'aperçoit point les limites à l'extrême horizon. Le *Vengeur* maintenant était tout proche du port.

— Tes ordres ? demanda flegmatiquement Korfmatt sans quitter des yeux la route qu'il avait à suivre.

— Ma foi, il n'y a pas à hésiter ; choisis dans le port le premier espace libre, le plus près possible des quais.

— Alors, je descends.

D'un levier, l'adroit pilote actionna l'hélice horizontale et l'appareil, docile, s'arrêta en se rapprochant doucement de la terre.

Sur les quais du port, tout trafic instantanément avait été suspendu, pour faire place à la curiosité. Les braves *porteños* ne comprenaient rien à cet amerrissage inattendu, en plein milieu du bassin. Déjà la police s'agitait, prête à intervenir, quand, tout à coup, la brise déploya la flamme tricolore qui flottait à l'arrière de l'avion. Le *Vengeur !* Le monde entier connaissait le nom de l'hydravion et le but humanitaire de sa mission.

Aussitôt, les cris, les hourras, les acclamations fusèrent.

Pendant ce temps, aussi léger qu'une mouette qui se pose sur les flots, l'appareil atteignait la surface des eaux sales et grasses du port, et venait s'arrêter entre deux énormes paquebots tout blancs, l'un hollandais, l'autre espagnol.

Immédiatement, comme à un signal donné pour un départ de courses, de toutes parts surgirent de petites embarcations à moteur, rivalisant de vitesse à qui atteindrait la première le *Vengeur* pour avoir l'honneur de prendre à son bord un des membres de son équipage.

— Mes amis, dit le commandant, en voyant cette ruée qu'il ne pouvait empêcher, je vous donne une heure de liberté, pas plus, pendant laquelle vous pouvez aller à terre vous dégourdir les jambes, mais il faut que quelqu'un demeure ici, de quart.

— Je reste, dit Le Hellô, blasé, depuis si longtemps qu'il bourlinguait autour du monde, sur tous les plaisirs possibles d'une bordée d'aussi courte durée.

— Quant à toi, Korfmatt, reprit Le Querrec, tu m'accompagnes chez le gouverneur de la ville, qui doit être également chargé des services généraux du port et de la navigation.

Pendant que ces paroles étaient échangées, plus de dix canots à pétrole avaient entouré le *Vengeur* et leurs propriétaires interpellaient l'équipage, en portugais, en italien, en espagnol, en anglais, voire en français !

Mathieu avisa l'un d'eux où flottait un pavillon bleu, blanc et rouge et dont le nom le fit tressaillir d'émotion. En effet, sur le tableau blanc de l'arrière se détachaient en lettres noires :

Dixmude.

Il était monté par deux vigoureux gaillards aux traits francs, au visage ouvert.

— Puis-je vous demander, messieurs, de me conduire à terre ? interrogea l'officier.

— Nous allions vous le proposer, commandant. Faites l'honneur à deux Français, anciens combattants de l'Yser, de recevoir à leur bord, si modeste soit-il, un officier de la marine française.

On ne pouvait résister à une aussi aimable invitation, et ouvrant une des portes étroites de la carlingue, Mathieu, suivi de Korfmatt, sauta légèrement dans le canot qui partit aussitôt vers les quais, au milieu des vivats de toute la flottille.

— Messieurs, je vais encore abuser de votre amabilité, j'ai une communication des plus urgentes à faire au gouverneur. Pouvez-vous me mener jusqu'à lui ?

— Très volontiers, commandant.

La petite embarcation se fraya un chemin à travers toutes les autres qui se bousculaient sur son passage et atteignit le débarcadère où Le Querrec avec ses compagnons sauta dans la première automobile de place qui s'offrit à eux.

Une animation extraordinaire agitait la ville ; dans les rues larges et droites, des rassemblements bruyants se formaient devant les banques, devant les agences de presse, où l'on voyait des gens discuter et se démener.

Que signifiait tout ce tumulte ?

L'officier de marine allait en avoir bientôt l'explication.

En effet, à peine était-il arrivé au palais du gouvernement qu'un huissier, chaîne d'argent au cou, se hâtait à sa rencontre.

— Si Monsieur l'officier veut bien me suivre ?

Pardi ! M. l'officier ne demandait que cela et, grimpant lestement avec Korf-matt l'escalier de marbre blanc derrière leur guide majestueux, les deux Français pénétrèrent dans le vaste bâtiment.

Là aussi, la ruche était en pleine activité, les portes claquaient, les sonneries du téléphone retentissaient, de petites dactylos, les cheveux fous, galopaient dans les couloirs, au grand émoi de Korfmatt, qu'un jupon, même dans les circonstances les plus officielles, n'avait jamais laissé indifférent.

— Cristi ! les belles filles ! murmura-t-il.

Un peu interloqué par cette remarque, Mathieu se retourna :

— Quel grand gosse, ce Korfmatt !

— M. le gouverneur vous attend, messieurs !

En même temps qu'il prononçait ces mots, un jeune homme en jaquette noire, impeccable, monocle à l'œil, excessivement correct, s'inclinait devant les officiers français.

Le Querrec, qui ne s'étonnait pas facilement, était cependant assez intrigué : comment ? il tombait du ciel, ou à peu près, et voilà qu'on l'attendait à Rio, où, deux heures avant, il ne pensait pas à venir ?

Le jeune homme continuait, en se présentant :

— José-Maria y Cervantès, attaché au cabinet de M. le gouverneur. Nous savions que le *Vengeur* avait quitté Paris, et depuis deux heures nos postes d'observation de la côte avaient signalé votre approche, commandant. Heureusement, d'ailleurs, car M. le gouverneur a une communication de la plus haute importance à vous faire. Mais entrez donc !

Et, joignant le geste à la parole, il ouvrit une porte matelassée qui en dissimulait une autre dont il tourna le lourd bouton de cuivre, en s'effaçant pour laisser passer ceux qu'il accompagnait.

Le salon où ils entraient était vaste, clair et fort spacieux. Du plafond vitré et des larges fenêtres, d'où l'on apercevait le port et l'infini de l'océan, tombait une lumière très douce.

Les murs étaient garnis de hautes tapisseries aux couleurs très harmonieuses. Au fond, derrière un imposant bureau, massif, rehaussé de garnitures de bronze, un homme était assis, qui se leva aussitôt qu'il vit des étrangers pénétrer dans son bureau et se hâta à leur rencontre.

— Le gouverneur, murmura le jeune attaché d'une voix sans souffle.

Mais déjà celui-ci étreignait les mains de Le Querrec et de Korfmatt.

— Messieurs, leur dit-il, mes amis plutôt, permettez-moi de vous féliciter chaleureusement pour le raid que vous n'avez pas hésité à entreprendre, et pour la responsabilité que vous n'avez pas craint d'assumer.

Et comme Mathieu tentait de protester contre ces paroles aimables :

— Non, non ,commandant, ne vous dérobez pas, je maintiens ce que je viens de dire. Mais j'ai des renseignements de toute première urgence à vous communiquer et qui faciliteront votre mission.

— Monsieur le gouverneur, vos indications nous seront très précieuses. Mais, auparavant, je dois vous signaler que nous avons quitté, il y a deux heures à peine, par 32° 51' de longitude et 48° 27' de latitude, une embarcation du *Jacinto* de Rio, qui contenait les trois seuls survivants de ce bâtiment, coulé par le pirate de l'air que nous poursuivons. Ils attendent les secours que vous leur enverrez.

— Tonnerre *di Dios !* jura le gouver-neur, encore un sinistre ! De suite, monsieur Cervantès, téléphonez à l'amirauté que deux des torpilleurs sous pression à l'arsenal partent immédiatement. Je compte sur vous.

« Et maintenant, commandant, voici ce que j'ai à vous communiquer et qui est autrement grave. Sans doute, après son crime commis contre le *Jacinto*, votre pirate vient de survoler Rio et tout le Brésil d'est en ouest ; pour la première fois, en plein jour, des yeux humains ont pu le contempler, car il ne volait ni très haut, ni très vite. Nos artilleurs de la côte et des forts, alertés trop tard, n'ont pu lui envoyer les bordées qui l'auraient abattu. J'ai immédiatement télégraphié au gouvernement chilien dont les observateurs ont, comme nous, distinctement aperçu le sinistre appareil, mais, cette fois, il avait repris de la hauteur et il a pu fuir vers la haute mer et disparaître dans les nuages sans être inquiété.

« Nous étions à peine remis de cette alerte, que, un quart d'heure environ avant votre arrivée, j'ai reçu un appel radiotéléphonique de l'île de Pâques, que vous connaissez, en plein Pacifique, un rocher perdu, à moitié chemin à peu près entre les archipels océaniens et notre continent.

« Les autorités chiliennes de l'île avisaient tous ceux que leur radio pouvait atteindre qu'un appareil géant, plus semblable à un tank qu'à un avion, complètement blindé, avait atterri dans la partie sud de l'île, qui est complètement déserte. On ignore d'où vient cet intrus qui a négligé de faire connaître sa nationalité. Les douaniers chiliens, s'en étant approchés à portée de carabine, avaient été reçus par une salve qui les avait fait battre en retraite.

« L'île de Pâques demande à « tous » du secours.

— Eh bien ! monsieur le gouverneur, il n'y a pas de doute possible. Ce tank en panne à l'île de Pâques est le bandit que nous poursuivons et contre lequel le *Vengeur* a engagé une lutte sans merci.

— Je le pense comme vous.

— Aussi, je n'hésite pas. Excusez-nous de prendre congé si rapidement ; mais, avec les précieux renseignements que vous m'avez donnés, je ne puis différer mon départ.

— Bonne chance, commandant ! Réussissez et vive la France !

Plus ému qu'il ne voulait le laisser paraître de cet hommage, si grand dans sa simplicité, pour son pays dont les enfants, une fois de plus, se dévouaient pour l'humanité, Le Querrec se hâta de saluer le gouverneur, pour rejoindre, avec Korfmatt, le *Vengeur* resté dans le port.

Grâce à une auto rapide, puis au *Dixmude*, qu'ils retrouvèrent à l'embarcadère, dix minutes après ils grimpaient dans leur carlingue, encore tout impressionnés des ovations qui avaient salué leur passage.

L'équipage était à son poste et, immédiatement, le *Vengeur* s'éleva, tandis que crépitaient les acclamations de la foule enthousiaste.

En même temps, les canons des forts tirèrent des salves d'honneur et là-haut, au sommet du palais du gouvernement, un immense pavillon français montait lentement dans l'air azuré, à côté du pavillon brésilien vert, au losange jaune.

— Oh ! dit Korfmatt, il faut leur envoyer un souvenir à ces braves gens, et fouillant dans la caisse placée sous son siège, il en retira une flamme de rechange, aux trois couleurs glorieuses, sur le blanc de laquelle se détachait en or le nom de l'hydravion.

— Oui, approuva Mathieu qui avait compris.

Et, par-dessus bord, l'enseigne lança le mince drapeau tricolore, qui tomba doucement vers la ville en tournoyant et en faisant chatoyer ses teintes joyeuses dans le soleil ardent de cette belle matinée.

. . . .

Le Hellô, sur l'ordre du lieutenant de vaisseau, fit le plein d'essence, et, tous les gaz ouverts, le *Vengeur* s'élança. Les hublots du blindage furent fermés, car il fallait aller vite et donner à l'air le moins de prise possible.

Muet à son habitude, les dents serrées, Le Querrec interrogeait l'horizon. Tout à coup, il appela :

— Le Hellô !

— Commandant !

— Avant de quitter Rio, j'ai oublié de prévenir le *Tonkinois* et le *Haoussa* de la nouvelle direction que nous avons prise.

— Bah ! pour ce qu'ils sont utiles, ces rafiots-là !

— Plus que tu ne penses. Nous allons ralentir de vitesse et nous élever un peu. Sitôt que le manomètre marquera deux mille mètres, fais-moi le plaisir de lancer par T. S. F. notre appel de reconnaissance et préviens-moi dès que tu tiendras les deux torpilleurs.

La sonnerie retentit, puis la voix du premier maître prononça.

— *Tonkinois.*

— Bien, indique alors au commandant Duc que nous sommes au-dessus de l'Amérique du Sud et que nous nous dirigeons à toute allure vers l'île de Paques.

— C'est fait, commandant, dit Le Hellô qui avait manipulé en même temps que son chef parlait.

— Et maintenant indique-leur l'île comme point de ralliement.

Cette communication terminée, le *Vengeur* repartit à toute allure, sans s'occuper du paysage qui se développait en dessous de lui.

Déjà, à l'horizon se profilaient les premières cimes neigeuses de la Cordillère des Andes, qui dans une heure ou deux, au plus, allaient être atteintes et dépassées.

Le commandant, qui avait pris la conduite des mains de Korfmatt, ralentit encore une fois sa vitesse, pour permettre à ses hommes de se restaurer au moyen d'un repas froid.

CHAPITRE VIII

POURSUITE

Le repas expédié, la marche à grande vitesse reprit, et il pouvait être environ quatre heures du soir quand l'appareil survola, pour la dépasser aussitôt, la côte chilienne.

Maintenant le *Vengeur* ne pouvait plus compter que sur ses flotteurs en cas d'amerrissage forcé. Mais il avait donné depuis son départ de Meudon assez de preuves de son endurance pour qu'on pût se fier à sa résistance et à sa solidité.

Six heures de vol, au moins, séparaient encore les hardis navigateurs de l'air du point où avait dû se réfugier celui qu'ils poursuivaient.

L'île de Pâques, formée de terrains volcaniques, se trouve à environ deux mille cinq cents kilomètres du Chili à qui elle appartient. C'est, paraît-il, l'ancienne île de Robinson et, dans ces dernières années, on a annoncé plusieurs fois sa disparition. Malgré les éruptions sous-marines, malgré les tremblements de terre, l'île est toujours là, mais sa forme et ses côtes ont souvent varié d'aspect.

D'ailleurs, les passagers du *Vengeur* ne pouvaient songer à l'apercevoir, car la nuit venait très vite.

Bientôt, ils n'eurent plus pour se guider que la boussole et les étoiles d'un ciel d'une pureté que rien ne troublait.

Mais Le Querrec était sûr de son chemin, et il courait droit à son but, dont, à l'estime, il ne devait plus maintenant se trouver fort éloigné.

Tout à coup, il remarqua à l'horizon quelques points lumineux.

Pas de doute, c'était déjà l'île de Pâques. L'avion avait marché dans l'obscurité plus vite qu'on ne l'avait supposé.

— Korfmatt ?

« Mathieu ?

« A mon sens, il ne serait pas prudent de descendre en pleine nuit sur l'île, surtout si ces gredins se gardent à carreau, comme le gouverneur de Rio nous l'a laissé entendre.

« Voici ce que je propose : nous allons amerrir ici même pour ne pas donner l'éveil et demain, dès avant l'aube, nous nous élèverons le plus possible, pour tâcher, sans être aperçus, de dominer complètement l'île.

— Je t'approuve entièrement. Mais tu admets que l'Avion Noir est encore en panne ?

— Je l'espère ; en tout cas, nous le verrons bien. Attention, les garçons, aux postes d'amerrissage ! Nous descendons.

Il coupa l'allumage, et traçant dans l'air d'énormes spirales, le *Vengeur* vint se poser à la surface des flots, où il creusa un sillon noirâtre, aussitôt refermé.

. . . .

La mer était calme comme un lac et pour ne pas déceler sa présence, le commandant fit masquer tous les feux, mais ordonna d'armer les pièces et les mitrailleuses afin d'être en mesure de tirer au premier signal, puis il désigna un tour de garde par veilleurs doubles qui seraient chargés malgré les ténèbres de la sécurité de leurs camarades.

La nuit se passa sans alerte. Mathieu avait donné pour instructions qu'on le réveillât une heure avant l'aube, et l'horizon commençait à peine à blanchir quand le *Vengeur* s'éleva dans l'air, obéissant docilement à la volonté de son commandant.

Tout de suite, celui-ci prit de la hauteur, tandis que Korfmatt, Le Hellô, et le gabier, chacun munis de jumelles prismatiques les plus perfectionnées, observaient le sol de l'île de Pâques qui sortait peu à peu de la brume sous les feux du soleil levant.

Au nord, on voyait un petit groupe d'habitations, minuscule fourmilière. Au sud, se détachaient les pics volcaniques qui ont fait la réputation de l'île. Tout autour d'eux, les terrains, recouverts de coulées de lave desséchée, paraissaient complètement incultes et sauvages.

C'est certainement de ce côté qu'il fallait chercher les pirates, qui n'avaient pu se réfugier que là. Le cœur battant, les observateurs fouillaient le sol tandis que l'avion, au ralenti, décrivait de grands cercles dans l'air pur du matin.

— Eh bien ? questionna Le Querrec.

— Rien encore, répondit Korfmatt.

— Et pourtant ils sont là, s'exclama Le Hellô. Ils sont là, j'en suis sûr. Je le sens ! Attention, les gars, dit-il aux pointeurs qui se tenaient, la main sur la gâchette de leurs pièces. Il va falloir leur envoyer une volée, dès que nous les apercevrons.

— Mais... interrompit Korfmatt, en saisissant le bras de son chef, au risque de lui faire exécuter une fausse manœuvre, regarde, regarde ! là !

Il désignait sur le sol blanc de l'île un point noir, rectangulaire, autour duquel on voyait, à la lorgnette, des hommes s'agiter.

C'étaient « eux » — Eux ! ceux qu'ils cherchaient, ceux contre qui ils étaient armés, les brigands de l'air, les pirates, les assassins hors la loi, qui avaient tant de crimes sur la conscience.

Un instant, tous, du plus simple Mathurin, jusqu'au grand chef, ils en restèrent comme interloqués. Etait-ce possible qu'ils fussent déjà au bout de leur expédition ? Voilà leurs ennemis presque à leur merci, immobilisés. Ils allaient donc enfin pouvoir percer cet angoissant mystère.

Mathieu, le premier, se reprit ;

— Tenez-vous prêts à tirer, dit-il aux pointeurs, dès que vous vous jugerez à bonne portée. Toi, Le Hellô, surveille les canons de trente-sept millimètres et feu, aussitôt que tu estimeras ton tir efficace.

« Je fonce dessus !

Il ouvrit complètement la manette d'adduction du gaz et rendit la main à son appareil qui bondit en avant.

Mais, au même moment, un sifflement strident déchira l'air et vint frapper les oreilles des Français malgré le bruit assourdissant des moteurs. Instinctivement tous se penchèrent vers la terre. Le point noir de tout à l'heure filait, filait à une allure vertigineuse, en rasant le sol de l'île. Deux grandes ailes sombres, crochues comme celles des chauves-souris, s'étaient déployées de chaque côté de la coque rectangulaire et maintenant on le voyait nettement qui commençait à prendre de la hauteur.

Le Hellô n'y put tenir ; il appuya sur le détonateur d'un des petits canons à tir rapide, dont le rechargement s'opérait automatiquement par les gaz et une douzaine d'obus partirent dans la direction de l'ennemi, en même temps que les mitrailleuses, entraînées par l'exemple, crachaient des gerbes de balles.

— Ménage tes munitions, mon garçon, dit tranquillement Le Querrec à son premier maître. Car tu risques tout au plus d'aller tuer des requins. Regarde-le comme il file, notre pirate.

Et, de fait, l'adversaire prenait du champ, l'île de Pâques était déjà bien loin derrière lui.

— Mais il ne connaît pas le *Vengeur*, dit le lieutenant de vaisseau. Nous allons lui servir une course de notre façon. Ouvre l'œil, Korfmatt.

— Veux-tu que je reprenne la direction ?

— Non, porte seulement toute ton attention aux réservoirs d'essence, il faut qu'ils soient toujours pleins. Nous allons donner notre plus grande vitesse.

Comme s'il avait compris ce que son maître attendait de lui, l'hydravion sembla se ruer dans l'atmosphère, et, dans un fracas infernal, se lança à la poursuite de son ennemi. Immédiatement, il gagna en distance. Mais les autres veillaient, car bientôt de longues traînées de flammes jaillirent de leur nacelle noire, et, à leur tour, ils s'éloignèrent de leur poursuivant.

Sur le *Vengeur*, tout l'équipage, fiévreux, était occupé aux soins à donner à la marche des moteurs. Deux hommes étaient spécialement chargés de surveiller les réservoirs d'essence et d'y maintenir le niveau nécessaire. Un matelot, un bidon d'huile en main, versait lentement et sans arrêt, le liquide lubrifiant dans les graisseurs, indispensable pour le fonctionnement rapide de tous les organes.

Korfmatt veillait à tout. Qu'une bielle sautât, qu'un cylindre s'échauffât, c'était immédiatement un ralentissement de vitesse, et le succès de l'expédition compromis. Un feu intérieur, une sorte d'enthousiasme sacré soutenait et soulevait ces braves, oublieux du danger de leur situation et tout à la mission d'humanité qu'ils avaient assumée.

L'œil au compteur, Mathieu murmura :

— Cinq cent vingt kilomètres... Pourvu que les hélices tiennent le coup, pensa-t-il.

Puis :

— Nous gagnons, hardi, les enfants !

De fait, cette fois, la vitesse de l'adversaire semblait diminuer.

Etait-il à bout, ou bien était-ce une manœuvre de sa part ?

Quoi qu'il en soit, le lieutenant de vaisseau jugea prudent de ralentir, et bien lui en prit, car au même instant une courte flamme fusa à l'arrière du pirate, tandis qu'en entendait le frou-frou de cinq ou six petits obus, encadrant l'hydravion français de leurs éclatements.

Mais déjà Mathieu avait éventé la ruse, il vira de bord, allongeant le champ de tir de son ennemi qui ne se risquerait pas à le poursuivre à son tour. Son ralentissement subit n'était qu'une feinte, imaginée, sans doute, après avoir constaté qu'il ne pouvait gagner le *Vengeur* en vitesse.

En matière de guerre aérienne, il y a un principe qui domine tous les autres : il faut survoler celui qu'on veut détruire et l'appareil qui peut franchir la plus grande hauteur et dominer son adversaire est sûr du succès.

C'est pourquoi, sans attendre, le lieutenant de vaisseau mit en marche l'hélice horizontale et le *Vengeur* s'éleva.

Mais l'adversaire reprenait sa fuite. Aussitôt l'hydravion repartit à ses trousses. Et la course de tout à l'heure recommença, plus ardente, plus acharnée.

Comme deux bolides, les appareils trouaient les couches si calmes de l'air à une distance d'environ trois mille mètres l'un de l'autre.

Deux points dans l'espace, pas plus, mais deux points terriblement armés.

Qui des deux l'emportera, du bandit semeur de mort, de crimes et de deuils, ou de l'avion, chevalier de l'air, champion des nations civilisées et de la cause sacrée du Droit ?

— Mais *ils* montent, dit Le Querrec.

En effet, l'Avion Noir à son tour prenait de la hauteur.

Le *Vengeur* l'imita aussitôt.

La chasse durait depuis plus de trois quarts d'heure, cinq cent kilomètres au moins avaient été parcourus depuis l'île de Pâques, et leur course avait entraîné les appareils dans une rigide direction ouest-sud-ouest.

— Peux-tu faire le point, Korfmatt ? demanda le commandant sans quitter son ennemi des yeux.

— Voilà, répondit l'autre, consultant ses instruments d'un coup d'œil : 34° 51' 43" latitude et 135° 23' 41" longitude.

— Bien, c'est-à-dire que nous nous nous trouvons dans la partie déserte du Pacifique, au sud-est des Indes Néerlandaises.

— A peu près.

— Mais nous gagnons, nous gagnons cette fois, c'est certain !

En effet, la distance entre les deux appareils diminuait à vue d'œil. Tous les hommes du *Vengeur* fixaient avidement l'Avion Noir dont les ailes crochues commençaient à montrer leur membrure...

— Ah !

Un même cri d'effroi, d'étonnement, de déception jaillit des lèvres de tout l'équipage. L'Avion Noir, en effet, subitement, venait de replier ses ailes, et d'un seul coup, comme une pierre, il tombait verticalement dans l'espace.

• CHAPITRE IX

L'ÎLE SANS NOM

Surpris, Mathieu coupa net son allumage, maintenant son appareil sur place grâce à sa seule hélice verticale.

Que se passait-il ? Un accident ? Une rupture de commandes ? Allaient-ils voir sous leurs yeux leurs ennemis s'abîmer dans les flots ?

Déjà, chez ces généreux Français, un sentiment se faisait jour : à l'adversaire qui ne peut plus se défendre, il faut porter secours.

Instinctivement, Korfmatt, qui jusqu'alors, comme ses camarades, n'avait contemplé que le zénith, abaissa son regard sur les flots.

Il en resta tout interdit.

— Mais nous sommes au-dessus d'une terre ! c'est dans une île que ces gens-là vont tomber...

Il n'eut pas le temps d'achever. Une exclamation de Le Hello lui coupait la parole.

Il y avait de quoi, en effet, l'Avion Noir, arrivé à environ trois cents mètres du sol, avait à nouveau déployé lentement ses immenses ailes et doucement, presque avec délicatesse, il se posait sur le sol de l'île, et disparaissait dans une sorte de crevasse.

Quelle était cette terre insoupçonnée jusqu'alors, que les Français auraient survolée sans la voir, tout à l'ardeur de leur poursuite, si leur adversaire n'y avait cherché un mystérieux refuge ?

Korfmatt, aussitôt, déplia une carte de cette région du Pacifique : aucune île, pas le moindre récif n'y était mentionné. La terre la plus proche, dans le nord-ouest, était l'Australie, mais à une distance énorme.

— Voyons, interrogea Mathieu, tu ne t'es pas trompé dans tes observations ?

« Les îles inconnues, ça ne doit plus exister à notre époque de vapeurs et d'avions.

— Je vais refaire le point, mais, foi de Breton, ce serait bien la peremière fois que j'aurais commis une erreur, avec un sextant !

Et, assisté du premier maître, il recommença ses observations.

Immuables, les appareils donnèrent 34° 51' 43" latitude et 135° 23' 41" longitude.

— C'est bien cela.

— Bizarre. Voyons encore les cartes et contrôlons attentivement.

Le résultat ne changea pas.

— Il faut donc bien admettre, conclut Le Querrec, que nous nous trouvons au-dessus d'une terre inconnue et mystérieuse, repaire, ignoré jusqu'à ce jour, des pirates qui terrorisent toutes les mers du globe. Il n'y a rien d'étonnant qu'avec un appareil aussi rapide que celui que nous venons de pourchasser ils aient pu se transporter d'un bout à l'autre des océans.

Tout en parlant, le commandant et l'enseigne fouillaient de leurs lorgnettes le sol de l'île.

— Nous sommes trop haut pour rien distinger, quoiqu'il me semble vaguement voir des bâtiments comme des maisons arabes, hasarda Korfmatt, une sorte de château ou de palais tout blanc...

— Nous allons descendre, mais auparavant, Le Hello, appelle par radio tous les postes qui peuvent nous entendre et si tu peux, le *Tonkinois* et le *Haoussa*. Apprends-leur la découverte que nous venons de faire et donne-leur notre position exacte.

La T. S. F. crépita, et une émotion saisit tout l'équipage, isolé en ce coin perdu du monde, à l'approche des graves événements qui se préparaient.

Le premier maître attendit la réponse : elle arriva au bout de dix minutes, mais si faible, émise sans doute par un poste trop éloigné, qu'il fut impossible d'en déchiffrer le sens.

CHAPITRE X

LA SOURCE MYSTÉRIEUSE

Cependant, la course avait duré plus longtemps qu'elle ne l'avait paru et la journée s'avançait.

Déjà, il ne restait plus que quelques heures de clarté.

Korfmatt en fit la remarque à haute voix et chacun, dans l'équipage, de s'étonner, tant avait été grand l'acharnement apporté par tous à la poursuite.

Puisqu'il ne disposait plus d'assez de temps pour préparer un plan d'attaque contre le château et contre les habitants de l'île mystérieuse, Mathieu fit prendre du champ à son hydravion.

Puis, il appela auprès de lui l'enseigne et le premier maître, qui constituaient tout son état-major.

— Vous connaissez la situation comme moi, mes amis, leur dit-il. Je ne juge pas prudent de nous lancer ce soir dans une aventure où nous aurons besoin de toutes nos forces et de tout notre courage.

L'équipage est surmené et énervé par les efforts qu'il vient de fournir dans la course de tout à l'heure, et les moteurs ont besoin d'être sérieusement revus et nettoyés.

— Juste, opina Korfmatt.

— Donc, attendons à demain, ou même après-demain, s'il le faut, mais prenons tout le temps nécessaire pour nous préparer sérieusement à notre tâche. Nous connaissons le repaire du pirate, cette fois, il ne peut nous échapper.

— Oui, mais, s'il profitait de la nuit pour s'enfuir, objecta Le Hellô.

— Je ne le crois pas, mon ami, cette île est sa base ; il y a des réparations urgentes à faire à son appareil et puis, surtout, il ne doit pas nous craindre, ce en quoi il se trompe.

— Au lieu d'amerrir sur les flots, où nous serions assez durement ballottés toute la nuit, car il souffle un petit vent sec, nous ferions mieux de chercher un coin de terre ferme.

— Où ? Pas dans l'île, en tout cas.

— Non, certès. Mais, en nous élevant, ne, pourrions-nous découvrir un coin de rocher qui puisse nous assurer un abri suffisant et pas trop éloigné ?

— Essayons. Gabier ! appela Mathieu, observe la surface de la mer et renseigne-moi aussitôt si tu aperçois une terre, si petite soit-elle.

Comme un grand oiseau marin, presque silencieux, poussé par son hélice verticale, le *Vengeur* s'éleva dans le ciel.

Tous les regards de l'équipage scrutaient l'océan, d'un bleu sombre, qui prenait des reflets dorés sous les feux du soleil à son déclin. Les grandes vagues montaient doucement, comme en se jouant, leur sommet se frangeait d'une écume légère qui courait gaiement sur la surface de l'eau à chaque retombée : on voyait des mouettes passer rapidement, donner un coup de bec dans l'eau pour y pêcher en hâte une proie qu'elles avaient aperçue en planant. De grands albatros, les ailes toutes blanches, ouvertes, virevoltaient autour de l'aéroplane.

Aucune terre n'était en vue.

Seule, les dos noirs d'un troupeau de marsouins endormis à la surface des flots, dans la chaleur de cette belle fin de journée, tranchaient sur le bleu uniforme de l'immensité.

Le Hellô, qui commençait à s'impatienter de cette absence de tout atterrissage possible, avait saisi une jumelle.

— Lofe un peu, commandant.

Le premier maître employait les termes de mer, mais son chef comprit et le *Vengeur* obliqua vers le nord.

— Je m'en doutais, lança alors Jean-Marie, avec un cri de triomphe, et, de la main, il désignait un récif de corail, un de ces curieux atolls des mers du Sud, qui par sa contexture même ne pouvait être distingué de loin.

Un atoll, en effet, présente cette particularité qu'il est, si l'on peut dire, un récif double, avec un massif solide au centre, entouré d'un anneau. Entre l'anneau et le massif les coraux laissent un fossé que remplit l'eau de mer. Très dangereux pour les navigateurs qui ne peuvent les apercevoir qu'à la dernière minute, surtout lorsqu'ils sont de petite taille, les atolls sont des refuges de tout repos pour un avion-amphibie, comme le *Vengeur*. Au milieu de cette île, exiguë, l'appareil serait aussi en sûreté que dans les hangars de Meudon.

Là, les mécaniciens pouvaient tout à loisir revoir tous les organes du moteur, et leur redonner le jeu et la vigueur nécessaires pour soutenir les fatigues de la journée du lendemain.

— Descendons, dit Mathieu.

Et la délicate manœuvre de l'atterrissage commença. Là-bas, très loin, dans la brume naissante du crépuscule, on voyait s'estomper les murailles blanches du palais mystérieux dont Le Querrec aurait voulu percer l'énigme le jour même, mais les éléments et le temps l'obligeaient à la patience.

Sombre et rêveur, il avait abandonné à Korfmatt la direction du *Vengeur* ; le regard perdu dans le lointain, il semblait interroger l'inconnu, comme s'il eût dû y trouver une réponse aux éternelles angoisses qui l'accablaient.

Pourquoi s'était-il aventuré vers ce coin perdu du Pacifique ? Pourquoi, lui, Mathieu Le Querrec ? Et pourquoi le destin l'avait-il choisi ?

Il se reprochait de n'avoir pas cédé à son premier mouvement et de n'avoir pas détruit aussitôt le repaire des pirates : avec ces gens-là, on ne compose pas ! Une tonne d'explosif, et il ne serait plus resté de ce nid de criminels qu'un amas de pierre.

Demain, puisqu'il était trop tard aujourd'hui, il se promettait bien de ne pas hésiter.

Un léger choc le tira de sa rêverie ; conduit de main de maître, le *Vengeur* venait de se poser juste au milieu de l'atoll, minuscule plate-forme où avaient poussé trois palmiers nains.

Aussitôt l'équipage sauta à terre, heureux de se dégourdir les jambes.

Au pied des petits arbres, coulait une source, phénomène de la nature sur ce rocher et qui arrosait un gazon clairsemé.

Quel vent capricieux avait amené là les graines qui avaient donné naissance à l'herbe et aux palmiers ?

Les matelots, tout à la joie de trouver de l'eau pure, se bousculaient pour s'y rafraîchir, après cette journée accablante.

Tout à coup, l'un d'eux poussa un cri :

— Tiens ! une bouteille !

Et il leva en l'air un récipient de verre sombre, pansu, solide, dont l'origine champenoise était évidente.

Déjà, l'homme, amusé, la faisait tournoyer à bout de bras, pour la lancer dans la mer, en essayant ses forces, quand un de ses camarades, le gabier Yannic, retint son geste.

— Arrête, garçon ! Il y a quelque chose là dedans ! Faut la porter au commandant. On ne sait pas, c'est peut-être une histoire qui nous renseignera sur le particulier auquel nous avons donné la chasse.

— Penses-tu ?

— Puisque je te le dis !

Mais déjà Le Querrec et Korfmatt s'approchaient. Le lieutenant de vaisseau, intrigué, considéra un instant la trouvaille de ses matelots, puis, ramassant un caillou, il brisa la bouteille. Un papier s'en échappa, que l'enseigne recueillit aussitôt et sur lequel, à haute voix il lut ces mots :

« Au nom de Dieu, vous qui trouverez ceci, ne restez pas un instant de plus, si vous le pouvez, dans ces contrées, qui sont le refuge de la désolation et de la mort.

« Détruisez-vous plutôt que d'y vivre. »

CHAPITRE XI

UN APPEL DANS LA NUIT

— Voilà qui n'est guère encourageant, conclut Korfmatt, un sourire sceptique aux lèvres.

Mathieu ne répondit pas. En entendant la lecture faite par son ami, son œil avait lancé un éclair, sa main avait tremblé, puis il s'était ressaisi. Sa nature droite et honnête répugnait à tous ces mystères dont il se sentait entouré. Brave jusqu'à la témérité, il était désarmé devant l'inconnu qui employait, pour l'atteindre, des chemins tortueux et détournés.

Mais ce n'était pas le moment de montrer de la défaillance devant l'équipage qui avait écouté en silence les phrases lues par l'enseigne.

Les marins sont de grands enfants et, plus que chez tout autre, leur imagination travaille en présence de faits merveilleux.

— C'est bon, dit le lieutenant de vaisseau. Ces billevesées ne peuvent s'adresser à des gens qui ont traversé le Pacifique en hydravion et qui disposent d'un armement comme le nôtre.

A la soupe, les enfants, et faites-nous un bon fricot. Il y aura la « double » (1) ce soir et après une bonne nuit nous serons d'attaque demain.

_____

(1) Double ration de vin : deux quarts.

Puis il prit à part Korfmatt et Le Hellô.

— Je ne sais ce que peut signifier ce papier, leur dit-il ; est-ce l'œuvre d'un fou autrefois naufragé sur cet atoll, ou bien un avertissement charitable ? nous verrons bien ; en tout cas, tenons-nous sur nos gardes : une sentinelle toute la nuit et en armes devant le _Vengeur_, une autre à l'intérieur. Et nous trois, nous nous partagerons le quart.

— Mais qui veux-tu ?... interrompit Korfmatt.

— Qui ? Je l'ignore, mais je devine, je sens, je sais, mon vieux, qu'il y aura quelque chose.

« A nous de nous préparer à nous défendre, puisque nous sommes avertis.

Convaincus par les accents de leur chef, les deux hommes se turent et se dirigèrent avec lui vers le foyer des matelots où une marmite bouillait joyeusement.

Le repas, arrosé de vin, comme l'avait promis Mathieu, fut vite expédié et la nuit était tout à fait venue quand la dernière bouchée fut avalée.

Par précaution, Le Querrec fit éteindre tous les feux et détermina lui-même l'emplacement des sentinelles. Il avait réclamé pour lui le quart le plus pénible, celui de minuit à quatre heures du matin, laissant à Korfmatt le premier, de vingt heures à minuit.

Toutes ces mesures prises, chacun, sauf les veilleurs, s'endormit, roulé dans sa couverture et étendu dans les hamacs du *Vengeur*.

Un peu avant l'heure où il devait relever son camarade, le lieutenant de vaisseau se réveilla, se leva et sortit lentement de la carlingue, pour rejoindre l'enseigne. Celui-ci pour se tenir éveillé, faisait les cent pas sur la grève.

— Rien de nouveau, Korfmatt ?

— Non, commandant, rien à signaler. Une légère houle s'est levée sous le souffle du vent, mais elle ne nous inquiétera pas, même à marée haute, puisque nous sommes abrités par la ceinture de l'atoll. Entends-tu les vagues qui se brisent sur les récifs de corail ?

— Oui, mais, comme tu dis, peu nous importe ! va te reposer, mon vieux, demain, il faudra sans doute faire un rude effort.

Le Querrec, maintenant, était seul. La nuit était sans lune, mais la voûte du ciel brillait des mille points d'or des étoiles. Le bruit du ressac, régulier, ne troublait pas sa rêverie.

Son but était atteint : il connaissait l'antre des pirates ; pour la deuxième fois, il avait vu le terrible appareil qui semait la dévastation et la peur sur toutes les mers du globe. Demain, l'heure de la vengeance de la civilisation bafouée sonnerait. Demain ! Malgré lui, Mathieu sentait peser sur ses épaules une contrainte qu'il avait peine à définir ; la certitude d'avoir rempli son devoir ne lui procurait pas la tranquillité d'esprit, le calme, la satisfaction qu'il était en droit

d'espérer : malgré tout, et malgré les raisonnements qu'il s'imposait, une appréhension vague lui faisait redouter les événements du lendemain.

Et pourtant, rien ne les justifiait. Cette bouteille mystérieuse trouvée par ses hommes auprès de la source ?

Allons donc ! C'était bon pour les matelots superstitieux, de s'arrêter à cette bêtise ! Tout au plus, l'œuvre d'un fumiste ou des pirates de l'Avion Noir pour faire le vide autour de lui. Mais le *Vengeur* avait des canons pour se défendre.

Agacé par toutes ces pensées qui l'assaillaient, Mathieu secoua la tête, comme pour les chasser, et reprit sa marche.

Non loin de lui, auprès de l'armature de l'hydravion qui se dessinait, sombre et confuse sur le ciel noir de la nuit, il voyait la silhouette d'un de ses matelots en armes qui se détachait, minuscule veilleur attentif ; bourguignotte en tête, impeccable comme à la porte d'un arsenal, ou sur le pont d'un cuirassé, l'homme montait la garde qu'on lui avait confiée.

Cette vision de calme rendit son équilibre moral au chef.

Il se dirigea vers le soldat, qui, à son approche, rectifia la position.

— Eh bien ! ça va ?

— ... Commandant !

— Oh ! tu peux parler, va, je t'y autorise. Que penses-tu de notre voyage ?

— J'en pense, commandant, sauf votre respect, que nous avons à faire à forte partie, mais que, demain, le bandit fera bien de ne pas se montrer, s'il tient à sa peau.

— Quelle est ta spécialité ?

— Pointeur, commandant.

— Eh bien ! demain, pointe ta pièce de première... Mais ?... Entends-tu ?

— Oui, on aurait dit un cri d'appel.

— Et ça vient de la ceinture extérieure de l'atoll. Ecoute...

Les deux hommes, les traits contractés par l'anxiété, se penchaient en avant. Un hurlement qui n'avait rien d'humain avait frappé leurs oreilles à travers la nuit.

—On n'entend plus rien, commandant.

— Non, peut-être est-ce le cri d'un grand oiseau de mer qui avait voulu se poser sur l'atoll et que notre présence inattendue aurait fait fuir ?

— Allons voir.

— Oui, mais, auparavant, dis à ton camarade qui veille à l'intérieur de la carlingue, de venir te remplacer, car on ne peut abandonner le *Vengeur* et les autres qui dorment.

Cette précaution prise, l'officier et le matelot se hâtèrent vers le lieu d'où ils avaient entendu jaillir les cris. Ils pressaient le pas. Mais, de nouveau, l'appel frappa leurs oreilles.

— A moi, à moi, entendirent-ils, comme étouffé par le bruit de la mer et du vent.

— Vite ! dit Mathieu qui s'élança à la course.

Arrivé sur le bord de l'îlot, il n'hésita pas, la mer était basse, le fossé qui séparait l'atoll de son anneau ne contenait pas plus de trois pieds d'eau : le lieutenant de vaisseau et le pointeur, celui-ci tout armé, s'y ruèrent. Les appels, maintenant très distincts, redoublaient.

— A moi, à moi !!

— Voilà, répondit Mathieu, haletant, courage, nous arrivons.

Mais le milieu du fossé était rempli de sable vaseux, dans lequel les deux hommes s'enfonçaient et glissaient.

Enfin, ils purent se dégager, et déjà, dans l'ombre, ils distinguaient une masse plus sombre qui se détachait sur le sol du récif de corail, un bras s'agitait : pas de doute, c'était un naufragé.

Mais au moment où les deux Français, n'écoutant que leur bon cœur et sans réfléchir aux dangers que pouvait leur faire courir leur dévouement, se précipitaient vers ce malheureux, un grésillement comme celui que produisent en se rapprochant deux charbons électriques, se fit entendre ; une lueur fulgurante jaillit d'un foyer invisible qui les cloua sur place, comme hypnotisés ; en même temps, un remous se prolongea avec un mugissement grave à la surface des flots, puis tout s'éteignit.

Une obscurité intense envahit ce coin de rocher qui venait d'être si étrangement éclairé.

A peine remis de leur étonnement, encore aveuglés par cette lumière inattendue, Le Querrec et son matelot, se réservant d'en rechercher la cause plus tard, se lancèrent vers l'endroit où gisait tout à l'heure le naufragé aux appels désespérés duquel ils s'étaient rendus. La place était vide, ils ne trouvèrent plus personne.

Là-bas, vers la haute mer, et dans le creux d'une vague, le pointeur crut voir une masse noire comme le dôme d'un sous-marin qui, tantôt se détachait sur le ciel et disparaissait suivant les caprices des flots, puis, plus rien.

Le lieutenant de vaisseau alluma une lampe de poche et en dirigea le faisceau lumineux vers le sol. Les cailloux étaient tachés de sang, les traces d'un corps traîné étaient visibles, quelques empreintes de semelles clouées s'étaient imprimées sur le sable.

C'était tout ce qui restait de la nouvelle surprise pleine d'angoisse que venait de réserver à Mathieu Le Querrec ce pays du mystère.

CHAPITRE XII

L'ATTAQUE

Il est facile de deviner dans quelles transes la nuit s'acheva pour le lieutenant de vaisseau.

A quatre heures, il avait réveillé Le Hellô et lui avait fait part du dramatique incident dont il venait d'être le témoin. Il n'arrivait pas à comprendre ni à expliquer et le sens de ces cris : « A moi ! A moi ! » et la disparition subite de celui qui les avait poussés.

— Il y a encore là-dessous un coup du pirate de l'Avion Noir, affirma le premier maître.

— Certainement ! Mais dans quel but ?

— A quoi bon se casser la tête et chercher, commandant ? Demain, sûrement, quand nous aurons démoli le repaire de cet oiseau de malheur, et que, probablement, nous l'aurons capturé, mort ou vif, alors nous trouverons l'explication du mystère.

« D'ici là, croyez-moi, allez vous reposer, vous en avez besoin.

Comprenant que son subordonné et ami s'exprimait avec la voix de la raison même, le lieutenant de vaisseau affecta de s'être laissé convaincre.

Mais il ne put fermer l'œil. Dès que le jour commença à poindre, il était debout, réveillant l'équipage qui se mit aussitôt au travail, avec ardeur et entrain.

Tandis que les uns organisaient une corvée d'eau, d'autres s'attaquaient aux moteurs et, en quelques heures, le *Vengeur* eut sa toilette faite, de l'extrémité des hélices au fin bout du gouvernail de profondeur. Les moteurs, astiqués à fond, avaient eu leurs bougies d'allumage changées et chaque organe avait été soigneusement vérifié, graissé et mis au point. Les armes chargées par les pointeurs, sous la direction de Le Hellô, étaient nettoyées à la suite du tir de la veille, et prêtes à recommencer à entrer en action. Enfin, les bombes, amorcées, étaient disposées à portée de la main, devant les hublots par où elles devraient être lancées.

Ensuite, les matelots firent chauffer le café, puis Mathieu donna le signal de l'envol.

Au milieu de tous ces préparatifs et de l'affairement du départ, les événements de la nuit étaient un peu oubliés et il se sentait revivre, maintenant que l'heure solennelle et grave de l'action était revenue. Plus de cauchemars ni d'hésitation : c'était le moment de vaincre ou de mourir !

L'hydravion, poussé par son hélice horizontale, s'éleva dans le ciel pur. Tous les yeux de l'équipage cherchaient le mystérieux palais blanc, comme si, dans l'espace d'une nuit, son propriétaire eût possédé le pouvoir de le faire disparaître.

— Le voilà, cria Korfmatt, presque malgré lui.

— Naturellement, répliqua Le Hellô, qui s'étonnait difficilement.

L'avion, maintenant, décrivait dans l'air une large courbe, ses moteurs se mettaient en train l'un après l'autre, lançant dans l'azur leurs pétarades joyeuses.

— Avec un raffût pareil, dit le premier maître, impossible d'arriver incognito !

Le château, l'île mystérieuse et inconnue, la mer qui l'entourait, comme la veille, tout était désert, calme et morne.

Deux fois, le *Vengeur*, à bonne hauteur, croisa au-dessus de ces lieux sans nom, dont le monde civilisé, jusqu'à ce jour, avait ignoré l'existence.

— Allons, tant pis, se résigna Le Querrec, nous ne pouvons attendre plus longtemps, il nous faut descendre et choisir le bon endroit pour régler notre tir. N'oublions pas notre mission, mes amis. Avant tout, nous devons l'accomplir.

—Paré, dit Korfmatt.

Et l'équipage ajouta d'une seule voix :

— A vos ordres, commandant !

— En avant, donc !

D'un brusque mouvement, comme s'il venait de prendre subitement une grave résolution, le lieutenant de vaisseau manœuvra un levier de commande et le *Vengeur*, s'inclinant, descendit vers l'île du pirate du Pacifique qu'il importait avant tout de tenir à bonne portée.

Chacun, sur l'hydravion, était à son poste d'observation ou de combat.

Le Querrec, d'ordinaire si maître de lui, sentait son cœur battre à tout rompre d'une émotion inexplicable.

Korfmatt, moins sensible et plus jeune, se ruait au combat avec entrain, avec plaisir même, comme à un spectacle curieux et inédit.

Le Hellô et ses hommes ne bronchaient pas : l'œil sur leur commandant, ils guettaient le moindre de ses mouvements, de ses ordres.

La terre se rapprochait. L'île mystérieuse affectait nettement la forme d'un triangle dont la base était tournée vers l'est, et la pointe légèrement inclinée vers le sud-est ; à l'estimation, elle pouvait mesurer, dans sa plus grande largeur, quinze kilomètres, et vingt-cinq kilomètres de longueur. Son sol apparaissait blanc, grisâtre, complètement aride et désolé, sauf à l'ouest, où une tache verte décelait la présence d'arbres très touffus.

— Je n'y vois pas la moindre trace de vie humaine, grommela Le Hellô.

— Nous sommes encore trop haut, lui répondit Mathieu. Attends, nous descendrons. Mais, vous autres, aux pièces, attention.

— On a l'œil, commandant.

L'hydravion baissait toujours et tous les détails du sol s'accentuaient les uns après les autres.

Les interjections, les remarques s'entrecroisaient entre les matelots et leurs officiers, tous prodigieusement intéressés à ce qu'ils voyaient.

— Là, là, commandant, une maison.

— Une maison ? Mieux, un château. Et de belle taille, encore ! Il se dresse là au milieu des arbres aussi tranquille, aussi insolent que s'il était honnête.

— Mais admirez-moi ces pelouses si bien entretenues, ces allées ratissées !

— Ma parole ! On dirait que c'est la résidence de l'ex-empereur Guillaume.

— Ne dis pas de blagues, gabier, interrompit Le Hellô. Ce n'est pas le moment de plaisanter. Cherche plutôt, puisque c'est ta spécialité, la bonne place pour lui

rir les entrailles, à ce palais des *Mille
ne Nuits.*

e Querrec, silencieux tout à coup, lais-
ses hommes parler. Une fois de plus,
pensées l'avaient emporté vers ses pé-
les souvenirs. Pourquoi l'image de
e qu'il aurait tant voulu oublier
rait-elle cessé de l'obséder depuis le
mencement de cette expédition ? Hier
ore, toute la nuit, pendant ces heures
riques, *Elle* avait été près de lui, il le
ait...

orfmatt, qui ne pouvait se lasser de
arder et d'admirer ce qu'il voyait, tou-
le coude de son ami :

— Regarde donc, Mathieu, ne dirait-on
la casbah d'Alger ?

e petit bois aperçu tout à l'heure
laircissait en effet et, s'élargissant, il
enait un parc très étendu, avec des
ngs, des pelouses, au milieu d'une des-
lles se dressait une énorme bâtisse
rée, blanche, au toit en terrasse. Une
te de mur d'enceinte avec fossés entou-
t le parc. Un peu plus loin, sur la
ite, assez éloignés de l'habitation prin-
ale, des hangars s'élevaient, symétri-
ement disposés

e *Vengeur* une nouvelle
irbe, prenait du champ et se rappro-
it encore du sol. Malgré son désir d'en
ir au plus tôt avec les pirates, Le Quer-
ne pouvait oublier qu'il avait charge
mes et mieux valait être trop prudent
e de compromettre le sort de l'expédi-
n par un excès de témérité.

Maintenant, l'île mystérieuse se mon
it dans tous ses détails. Avec les ju
lles à prismes, on y distinguait les
indres accidents de terrain. Mais tou-
irs elle paraissait déserte et inhabitée.
Pourtant, ce jardin, ce château, ces
ngars ?

Et, depuis hier, l'Avion Noir qui y avait
trouvé son refuge, qu'était-il devenu ?

— Si rien ne se montre, gronda Le
Querrec, impatienté, je fais tirer un coup
de canon à blanc pour appuyer notre pavillon et, s'ils ne répondent pas, je ca-
narde la casbah.

— Auparavant, répondit Korfmatt,
poussons un peu plus loin notre exploration. Regarde, à chaque coin de la terrasse qui sert de toit à la maison blanche,
ces quatre mâts ; ma parole, on dirait des
antennes de T.S.F.

Et de fait, aux angles du palais s'élevaient quatre pylônes en fer forgé, et
ajourés, reliés entre eux par des câbles.

Un escalier, majestueux, large, orné de
statues de marbre, conduisait dans le
parc où se remarquaient les essences d'arbres les plus rares et les plus beaux.

Ce qui impressionnait surtout les passagers du *Vengeur*, c'était le mur d'enceinte, semblable à celui d'une place
forte, coupé de créneaux et défendu par
un talus épais : il signifiait clairement
que n'entrait pas qui voulait dans la propriété.

Puis l'hydravion survola les hangars où
Marie Le Hellô voulait à toute force laisser tomber quelques bombes.

— Tout à l'heure, dit le commandant.
Reconnaissons d'abord.

Ces bâtiments, au nombre de dix, s'ouvraient sur une plaine parfaitement nive
lée qui était bien le plus merveilleux
champ d'atterrissage que les Français
aient jamais vu. Tout cela, comme le
reste, était désert et silencieux.

— Allons, cette fois, retournons au-
dessus du château, dit Le Querrec. Attention, Jean-Marie, à toi, un coup de trente-
sept avec double charge pour faire plus
de bruit.

« A mon commandement ! Et aussitôt, ajouta-t-il en se tournant vers le gabier, tu appuieras le maître en déployant notre pavillon. Il faut que ces gaillards sachent qui nous sommes !

En un clin d'œil, le branle-bas de combat fut prêt.

Depuis le départ, les armes avaient été mises en état. Mais, pour plus de sûreté, et pendant que le *Vengeur* faisait un nouveau crochet, toujours plus petit et se rapprochant toujours plus de son but, Le Hellô déchargeait une douille de son projectile et y bourrait la charge d'une autre.

— Vous allez faire éclater le canon, maître, dit un des matelots, la bouche fendue par un rire de contentement.

— Sois tranquille, garçon ?

A ce moment, un pigeon ramier sortit de la forêt et, d'un vol rapide et rectiligne, vint se poser sur un des pylônes de la terrasse. Le commandant de l'hydravion ne croyait pas au présage, mais dans l'état d'esprit où il se trouvait, celui-ci le frappa : que signifiait cet oiseau ? La guerre, ou la paix ? La joie, ou la tristresse ?

Bast, après tout, il avait autre chose à faire qu'à s'y arrêter.

Il se retourna vers Le Hellô, puis :
— Attention ! dit-il.
— Paré, commandant !
— Feu !

Le coup partit aussitôt, assourdissa[nt] dans la carlingue les matelots qui se bo[u]chaient les oreilles. Longtemps, on ente[n]dit les ondes sonores rouler en écho so[us] la voûte des grands arbres du parc. E[n] même temps, le pavillon du *Vengeur* [se] déroulait lentement, faisant briller joye[u]sement dans le soleil les trois couleurs [de] France, au-dessus de ces parages qui n[e] les avaient jamais vues.

Tous attendaient, anxieux.

Tout à coup, le long d'un des pylôn[es] ajourés de la terrasse, un pavillon, a[c]tionné par une main invisible, monta le[n]tement. Il était impossible d'en distingue[r] les couleurs.

— Que signifie ? demandait déjà Kor[r]matt, impatient.

Une légère brise qui se mit à souffle[r] le déploya en entier.

Tous poussèrent un cri de stupéfactio[n] et d'horreur.

Ce pavillon était noir et portait en so[n] centre une tête de mort blanche croisée d[e] deux tibias.

CHAPITRE XIII

CATASTROPHE

— Le pavillon noir ! dit Le Querrec. Cette fois, je ne peux plus hésiter. C'est bien une déclaration de guerre.

« En avan[t], Le Hellô, répartis les bombes !

Et le *Vengeur* piqua droit vers le châ[teau]

teau pour jeter sur sa terrasse les tonnes d'explosifs qu'il renfermait dans ses flancs. Dans un instant, l'orgueilleux bâtiment avec son drapeau de mort ne serait plus qu'un monceau de ruines.

Mais voilà que deux formes humaines font irruption sur la terrasse et courent vers l'un des angles.

— A vos mitrailleuses, rugit le commandant.

Les matelots, le doigt sur la gâchette, vont tirer, mais Korfmatt les arrête d'un cri :

— Attendez, pour Dieu ! ce sont des femmes !

— Des femmes ?

Et Mathieu, sans quitter sa direction, pâlit affreusement, chancela, comme s'il allait tomber.

— Des femmes ! répète-t-il.

Est-ce son rêve, son cauchemar qui prend corps ? En un instant, il revoit défiler devant lui, comme en un gigantesque cinématographe, tout le passé. Il ferme les yeux, plus rien n'existe pour lui, ni l'île mystérieuse, ni le *Vengeur*, ni l'équipage, ni l'effroyable responsabilité dont il a assumé la charge.

Quelles sont ces femmes ? Et pourquoi viennent-elles se dresser comme les Furies antiques entre lui et son devoir ?

Ah ! mais, ce n'est pas encore celles-là qui l'empêcheront de remplir sa mission ; on va bien voir.

— Qu'importe ! dit-il, la bouche mauvaise, l'œil brillant.

« Allons, Le Hello !

Mais Korfmatt se demande si son chef n'est pas devenu fou.

— Voyons, Mathieu, à quoi penses-tu ? Attendez, crie-t-il aux hommes de l'équipage.

Le Querrec, pendant ce temps, se res-

saisit, le calme se répand sur ses traits.

L'enseigne ajoute :

— Attendez encore... Oui... les voilà qui nous font des appels, des signaux, elles agitent quelque chose, une serviette, un drap.

Mais le *Vengeur*, entraîné par sa course et obligé de décrire de grands cercles pour se maintenir à bonne distance, s'éloignait de la terrasse.

D'un coup du volant de direction, son commandant le ramena vers son but. Le virage fut si court que dans la carlingue, deux matelots, mal attachés, roulèrent avec fracas sur le plancher.

Qu'avait donc le commandant pour être si nerveux ? Jamais on ne l'avait vu ainsi.

— Passe-moi ta jumelle, dit brièvement Mathieu à son second, qui s'exécuta aussitôt.

Et, maintenant sa direction de la main gauche, il porta vivement de la droite sa jumelle à ses yeux, dans la direction des deux formes noires qui continuaient à s'agiter sur la terrasse du château.

Il tressaillit.

— Folie ! murmura-t-il. Je suis fou, véritablement. Et il rendit l'instrument à Korfmatt.

Il fallait en effet qu'il eût perdu la tête. Ne se figurait-il pas, maintenant, dans la rapide vision qu'il venait d'en avoir, qu'il avait reconnu Micheline, sa fiancée infidèle, dans une des ces deux femmes ?

Mais non ! Ce n'était pas possible ! c'était son imagination qui travaillait ! Il était fatigué par les émotions de tous ces jours passés, de cette poursuite acharnée, par les efforts continus de ces deux nuits où il avait à peine dormi.

Quelle vraisemblance pouvait-il y avoir que celle qui avait été sa fiancée et qui avait disparue soit revenu échouer dans cette île mystérieuse et inconnue ?

A cette pensée, le souvenir de sa mission lui revint.

Allons, allons, chassons les rêves et les cauchemars ! Le devoir avant tout !

Mais, malgré lui, un doute lui restait. C'était si bien l'allure de Micheline ! Il haussa encore une fois les épaules.

Et pourtant, il voulait en avoir le cœur net ; avant de faire tirer ses canons, ses mitrailleuses, de lâcher ses bombes, de détruire tout et d'ensevelir sous un tas de ruines le crime des bandits et les souvenirs du passé, il revint encore une fois vers la plate-forme, se rapprochant du sol presque à frôler de ses flotteurs la cime orgueilleuse des beaux arbres qui entouraient le château.

L'avion pointa sur les deux femmes qui continuaient à faire des signaux.

A ce moment, une troupe d'hommes bondit sur la terrasse. En un clin d'œil, les femmes sont entourées, saisies, bousculées et disparaissent par l'issue qui avait donné passage à leurs agresseurs.

— Feu, mais feu, donc, hurla d'une voix tonnante Mathieu dont le cœur s'était arrêté de battre.

Toutes deux ensemble, les mitrailleuses crépitèrent et leurs balles, en gerbe, allèrent labourer le macadam de la terrasse, maintenant déserte et abandonnée.

C'était trop tard, en effet : les derniers habitants du château disparaissaient et les projectiles n'eurent pour résultat que de soulever des petits flocons de poussière blanche sur les dalles qu'ils éraflaient.

Emporté par sa vitesse, le *Vengeur* continuait sa course.

— Cette fois, aux bombes, Le Hellô, et sans merci, ordonna le commandant.

Mais, auparavant, que chacun assure son parachute de sauvetage.

Ce parachute était une invention de Korfmatt ; formé d'une légère étoffe de soie, il s'adaptait aux épaules par deux courroies et, en cas de chute, la pression de l'air le développait. Sa surface était calculée de façon à pouvoir soutenir quelques instants celui qui l'utilisait, si bien que la descente, au lieu d'être rapide et brutale, se faisait lente et sans danger.

Ces dispositions prises, Le Querrec remit son appareil dans la direction de la maison qu'on allait attaquer : cette fois, la véritable lutte commençait. Les matelots, l'œil aux hublots. se préparaient à lâcher leur bombes dès qu'ils en recevraient l'ordre de Korfmatt, chargé de diriger le tir.

Le *Vengeur* courait juste dans l'axe du pylône au sinistre drapeau noir qui continuait à flotter doucement au souffle de la bise : emblème de malheur, il ne devait plus longtemps braver la civilisation.

Le château semblait mort, toutes les ouvertures, fenêtres ou portes donnant sur la mer étaient hermétiquement closes, par des volets de fer peints en blanc.

L'hydravion n'était plus qu'à cent cinquante mètres de la maison. Rien, toujours rien, pas le moindre signe de vie. Mais, cependant, ces hommes et ces femmes de tout à l'heure, qu'étaient-ils devenus ? N'allaient-ils pas subitement démasquer un canon, une mitrailleuse, une arme de défense quelconque ?

Le Querrec fit un brusque crochet sur la droite, tourna le château et revint sur lui par le côté du parc. Même silence. Seul, un petit chien blanc dormait au soleil sur les marches du grand escalier. Les ronrons du moteur lui firent lever la tête ; péniblement, il s'étira et on le vit descendre avec peine les marches conduisant à la pelouse.

Il devait être bien vieux, car il se traînait.

« Tobie ! le chien de Micheline ! pensa tout d'un coup Mathieu, revenu de nouveau de plusieurs années en arrière. Mais non ! je rêve ! »

— Allons, garçons, allons-y !

Au même moment, une détonation formidable retentit, qui ébranla violemment les couches de l'air. Une lueur rouge fulgura, puis une fumée épaisse s'étendit, obscurcissant en un instant la lumière du soleil.

Mais ce n'étaient pas les bombes du *Vengeur* qui avaient provoqué ce cataclysme, au contraire, car le château était intact dans son orgueilleuse blancheur, tandis que l'hydravion, en feu, comme pris dans un tourbillon, s'était violemment redressé, rejeté en l'air, complètement retourné, pour venir ensuite s'abîmer avec un fracas épouvantable sur la pelouse du parc.

CHAPITRE XIV

REPAIRE DE BANDITS

Que s'était-il passé ?

Au moment où le *Vengeur* s'était approché de la terrasse et presque à l'intant précis où son commandant ouvrait la bouche pour commander le feu, une étincelle électrique, d'une puissance inouïe, donnant une flamme de plus de cinquante mètres de longueur, avait jailli entre les deux pylônes nord.

Elle avait été si forte que l'un d'eux, précisément celui qui portait le drapeau noir, avait été tordu sous le coup et pendait lamentablement dans le vide, toujours orné de sa loque sinistre.

L'hydravion français, emporté par sa course, s'était pour ainsi dire lancé de lui-même dans le dangereux et mortel foyer électrique qui l'avait enflammé, faisant éclater les réservoirs d'essence et provoquant la déflagration des bombes à mélinite.

L'équipage, tué ou assommé sur le coup, avait été entraîné par la chute de l'appareil et les cadavres gisaient sur le sol au milieu de débris de toutes sortes qui achevaient de se consumer.

Cependant, la fumée qui flottait sur ce spectacle de désolation commençait à se dissiper, et, à ce moment, deux corps, soutenus par leur parachute, venaient se poser non loin du lieu du désastre, sur la pelouse.

C'était Mathieu Le Querrec et son premier maître Le Hellô, les deux seuls rescapés, par miracle, de toute l'expédition.

Ils ne devaient leur salut qu'au fait de n'avoir pas été attachés dans la carlingue, obligés qu'ils étaient de se mouvoir continuellement, et ils avaient été projetés hors de la nacelle au moment où le *Vengeur* se retournait sur lui-même.

Les deux Français n'étaient qu'évanouis par la commotion, mais ils gisaient sur le gazon comme deux cadavres.

Combien de temps restèrent-ils ainsi abandonnés, à quelques pas de leur appareil détruit ?

Aucun être humain ne se montrait au château.

Tout à coup, cependant, un faible bruissement se fit entendre : c'était le petit chien blanc de tout à l'heure, qui, au bruit de l'explosion, s'était réfugié dans les fourrés du parc, et qui, curieux avant tout, maintenant que tout était tranquille, venait se renseigner sur les résultats de la catastrophe.

Sans s'arrêter devant l'hydravion, il marcha droit à Le Querrec et se mit à lui lécher consciencieusement le visage. Sous cette caresse tiède et douce, l'officier poussa un faible gémissement, ouvrit un œil et murmura avec peine :

— Micheline !

C'était son cauchemar qui recommençait ! Sous l'effort accompli, il perdit connaissance une seconde fois et le pauvre chien, désespéré du peu de résultat de sa tentative, poussa de petits cris plaintifs et redoubla d'ardeur.

Cette fois, Mathieu ouvrit les yeux tout à fait, se dressa à moitié, et, plein d'étonnement, comme sortant d'un rêve, dit :

— Oh ! Tobie !

Il n'avait pas achevé ces deux mots que le chien, retrouvant une ardeur qu'il sem-blait avoir perdue depuis longtemps, s'enfuit à toute allure et alla chercher abri sous les taillis impénétrables du petit bois.

Mais l'officier de marine avait entièrement repris ses sens. Un peu contusionné, il se leva péniblement, inspecta l'horizon, le parc, vit à ses pieds le corps de Le Hellô, et, plus loin, là-bas, la carcasse tordue du *Vengeur*.

Ses yeux s'emplirent de larmes. Etait-ce donc pour finir aussi lamentablement, que les braves gens de son équipage l'avaient suivi dans son audacieuse expédition, Korfmatt, son ami, Le Hellô, et tous ces matelots, si dévoués, si courageux ? Lui seul, qui cherchait la mort, lui, dont l'existence était sans but, était-il donc condamné à vivre après avoir causé la perte de ceux qui l'avaient écouté ?

Mais, avant tout, il fallait s'occuper du premier maître. Déjà, il ne pensait plus au petit chien dont les caresses l'avaient rappelé à la vie et en qui il avait cru — illusion encore — reconnaître son Tobie, donné autrefois à Micheline.

Il se débarrassa rapidement des courroies du parachute sauveteur qui gênaient ses mouvements et se pencha sur Le Hellô.

Avec joie, il constata que celui-ci respirait encore et il eut vite fait de le rappeler à la vie.

— Où sommes-nous ? commandant, demanda le brave garçon en ouvrant les yeux, tout étonné de se réveiller sur la terre ferme.

— Nous sommes dans le parc de ce maudit château, Jean-Marie. Allons, lève-toi si tu peux, et viens avec moi, jusqu'au *Vengeur* que voilà là-bas, en miettes.

— Nous pouvons dire que nous avons

eu de la chance. Mais nos camarades ? Le lieutenant ?

— Nous allons nous rendre compte. Viens.

Et, s'appuyant l'un sur l'autre, les deux hommes se traînèrent jusqu'à leur appareil où un horrible spectacle les attendait. Sous des débris informes, parmi des tiges de fer tordues, des bois consumés, et écrasés par les moteurs gisaient les corps de leurs six malheureux compagnons affreusement défigurés et mutilés.

Korfmatt pouvait être identifié, grâce aux galons de son dolman, de même que les deux quartiers-maîtres, mais il était absolument impossible de reconnaître les autres matelots.

Epuisant leurs forces, oppressés par leur douleur, les deux survivants dégagèrent les corps des ruines fumantes.

Mais ce ne fut pas un travail facile, et plus d'une fois ils durent unir leurs efforts pour soulever une des énormes pièces des machines du *Vengeur* qui écrasaient un bras ou une jambe.

A plusieurs reprises, ils durent s'arrêter, vaincus par la fatigue. Le charnier répandait une intolérable odeur de chair grillée, et, au-dessus des grands arbres du bois, là-haut, on voyait déjà tournoyer les vautours qui se préparaient à venir déguster le repas qui leur avait été préparé par le maître de l'île.

Mathieu était accablé, des larmes lourdes et silencieuses roulaient le long de ses joues, traçant des sillons sur son visage tout noirci par la fumée de l'explosion. Cette fois, tout était bien fini. De temps en temps, Le Hellô le regardait et étouffait un sanglot.

De tous ces braves garçons, de ces six amis qui, avec eux, s'étaient embarqués si joyeusement à Meudon pour cette glorieuse croisière, voilà tout ce qui restait ! Quelques morceaux de chair et de vêtements carbonisés !

Ils ne pouvaient parler, la gorge serrée par l'émotion. A la fin, Mathieu parvint à expliquer à Le Hellô qu'il leur fallait mettre les cadavres à l'abri du petit bois et qu'ensuite ils chercheraient les outils nécessaires pour leur donner une sépulture convenable.

Il n'y avait pas d'apparence que les habitants du château, qui continuaient à ne pas donner signe de vie, vinssent troubler leur lugubre besogne.

Quand ils l'eurent terminée, le lieutenant de vaisseau dit :

— Nous ne pouvons rester là. D'abord, nous n'avons rien mangé depuis ce matin à l'aurore et tous les vivres du *Vengeur* sont détruits. D'autre part, ce n'est pas dans ce parc que nous trouverons les bêches et les pioches nécessaires pour creuser les fosses de nos amis. Enfin, à tout prix, il faut nous éloigner du château, où nous ne savons que trop, hélas ! que nous avons d'implacables ennemis.

— Tu as raison, Mathieu. D'ailleurs, d'après ce que j'ai observé avant notre chute, le mur d'enceinte doit commencer juste au delà du boqueteau où nous nous trouvons. Gagnons-le, et ce sera bien le diable si nous n'y trouvons une issue.

— Allons, mais ne nous séparons pas, et surtout ne nous risquons pas trop loin.

Le Querrec n'osait avouer toute sa pensée. Son obsession lui revenait. Puisqu'il ne pouvait s'enfuir, au moins voulait-il se rendre compte, se rassurer au sujet de cette femme aperçue la veille et en qui il avait cru reconnaître sa Micheline tant aimée.

Et puis, cette coïncidence de ce petit chien, si semblable à Tobie, à son Tobie, à leur Tobie, vieilli, soit, mais si pareil, pourtant, à l'autre.

Non, il voulait en avoir le cœur net, dût-il y laisser sa vie.

Il s'engagea cependant à la suite de Le Hellô dans un petit sentier, qui, en quelques minutes, les amena au mur d'enceinte. Celui-ci s'élevait, droit et nu, cimenté, inaccessible, sans la moindre aspérité, le moindre trou qui permît d'en atteindre le faîte, élevé d'au moins dix mètres au-dessus du sol.

— Malédiction, jura le premier maître.

— Suivons le chemin de ronde. Il y a bien une issue et nous y arriverons.

— Et si elle est gardée ?

— Eh bien ! avançons avec précaution.

Ils se glissèrent lentement, en evitant de faire du bruit, le long de la muraille, s'arrêtant au moindre indice suspect, mais personne n'apparaissait.

Une haute porte d'acier s'offrit bientôt à eux.

Le Hello allait en saisir la poignée.

— Arrête, lui dit vivement Mathieu, en même temps qu'il abattait un levier commandant une prise de courant électrique. Une petite étincelle grésilla, le courant était interrompu.

— Et maintenant, tu peux ouvrir.

Le premier maître tourna le bouton, la porte pivota sur ses gonds. Qui sait ? sans le geste de son commandant, le brave garçon eût été peut-être électrocuté.

— Faisons bien attention, il me semble que nous sommes chez des gens où l'électricité règne en maîtresse. Ouvrons l'œil et pas de faux pas !

La porte donnait sur un fossé large à peine de quatre mètres, de l'autre côté duquel se dressait un second mur de même hauteur que le premier.

— Nous voilà bien avancés ! dit Le Hellô, consterné.

— Tant pis, descendons dans le fossé. Il faut bien qu'il y ait un passage.

Et les deux Français s'engagèrent dans l'étroit couloir, où pas une herbe, pas la moindre végétation ne croissaient. Seules les deux murailles, recouvertes par endroits d'une maigre mousse jaunâtre, semblaient se prolonger à l'infini.

Ils venaient de dépasser un saillant d'angle de cette fortification toute spéciale, lorsque des aboiements furieux, retentirent derrière eux. Instinctivement, ils tournent la tête et s'arrêtent. Des cris, des appels se font entendre.

— *Halt ! halt !*

Le lieutenant de vaisseau, pas plus que Le Hellô, n'avait sur lui aucune arme, pas même un poignard : tout avait été détruit ou dispersé avec le *Vengeur* et, dans le silence et le désert du parc, ils avaient complètement oublié qu'ils pourraient peut-être avoir à se défendre.

Les aboiements redoublaient et on entendait les pas pressés d'une troupe en marche.

Tout à coup, une bande d'une dizaine d'hommes déboucha de l'angle du mur, tout de noir habillés avec des vêtements de cuir, armés de revolvers et de carabines ; ils menaient en laisse d'énormes molosses. Les casquettes plates qui les coiffaient étaient également de cuir noir, ornées en leur milieu d'une tête de mort et de deux tibias croisés, en métal argenté.

— *Halt !* répétèrent-ils, avec une énergie farouche.

Et, immédiatement, ils entourèrent le commandant et son subordonné. Mais ce dernier n'était pas d'humeur à se laisser faire et, sans réfléchir aux conséquences graves que son acte pourrait avoir sur le sort qui lui était réservé, il se mit en mesure de distribuer, avec une maestria de professeur de boxe, coups de pied et coups de poing à ses agresseurs.

Déjà, deux d'entre eux gisaient par terre, la mâchoire fracassée et râlant, et Mathieu, pour ne pas être en reste, commençait à imiter son ami.

Mais la partie était inégale, surtout que les molosses, mis en liberté, s'en mêlèrent. Les bêtes se ruèrent sur les deux Français qui roulèrent sur le sol, cruellement mordus.

En un instant, ils furent ligotés et entraînés, après qu'un épais bandeau eût été placé sur leurs yeux.

Bousculés et poussés, ils suivirent leurs agresseurs, dont la conversation apprit à Le Querrec qu'ils parlaient allemand.

La situation se compliquait de plus en plus. Où les emmenait-on et pourquoi les priver de l'usage de la vue ?

Au bruit assourdi de leur marche, le lieutenant de vaisseau se rendait compte qu'ils suivaient toujours le fossé, entre les deux murailles. Il compta ses pas : deux cent cinquante étaient déjà franchis, lorsque, brusquement, on le fit obliquer à droite. Une bouffée d'air frais et humide lui monta au visage, les voix de ses gardiens résonnaient longuement. Sans doute, se trouvait-il dans une cave, dans un couloir ou dans quelque oubliette. On lui fit monter des marches : dix.

Derrière lui, un bruit de chute, puis, subitement, des jurons :

— Tonnerre de Brest ! Tas de canailles !

C'était Le Hellô qui avait trébuché dans l'escalier.

Le Querrec s'arrêta :

— Jean-Marie ?

— Voilà, commandant !

— Repose-toi sur mon bras, si tu es fatigué.

A tâtons, les deux hommes se rejoignirent et avancèrent en s'appuyant l'un sur l'autre.

Tout à coup, malgré le bandeau, ils eurent la sensation certaine qu'ils débouchaient à l'air libre. Un bruit lent et régulier se faisait entendre.

Les marins le connaissaient bien, c'était celui de la mer se brisant sur les rochers.

Où étaient-ils donc ?

Ils s'arrêtèrent. Leurs conducteurs les poussèrent brutalement :

— *Los ! vorwaerts* (1) !

Ils reprirent leur marche dans l'inconnu, mais pas longtemps. Une serrure qui s'ouvrait claqua, une porte grinçait. En même temps, les liens qui retenaient leurs bras derrière leur dos, furent coupés, le bandeau enlevé, et une poussée violente les envoya rouler sur un sol dallé de plaques de granit. Ils se redressèrent tout étourdis, assez à temps pour voir se refermer sur eux la lourde porte de fer qui leur avait donné passage.

Le Hellô était au comble de l'exaspération. Il se précipita contre la porte, la heurta, la secoua, mais en vain : à chaque coup, elle rendait un bruit sourd qui prouvait son épaisseur.

Les deux amis étaient enfermés dans une cellule étroite, taillée dans le roc, de trois mètres de profondeur environ et de quatre de large, à peu près, dont un côté était grillé de barreaux énormes et très rapprochés qui n'auraient pas donné passage à un chat.

A travers cette grille ils voyaient s'éten-

____

(1) Allons, en avant !

dre à leurs pieds l'infini de l'océan qu'ils dominaient d'une cinquantaine de mètres. Le bruit du ressac frappait leurs oreilles et ils purent facilement se rendre compte que l'espèce d'alvéole qui les contenait avait été creusé dans une roche à pic dont les pieds s'enfonçaient sous les flots.

— Nous sommes en cage, commandant, rugit le premier maître, fou de rage, mais que j'y perde la vie si je ne peux arriver à desceller un de ces barreaux.

Et, avec la même ardeur que contre la porte, il se rua sur la grille. Hélas ! les barreaux en étaient solides et il ne put même pas les ébranler. Sans succès, il les essaya, les uns après les autres.

Découragé, il revint près de son chef qui n'avait pas bougé.

A quoi bon ? Mathieu savait bien, lui, qu'il n'y avait rien à faire. Dans toute cette aventure, il sentait la main du destin qui, du premier jour, où, sur son *Floréal*, dans les mers de Chine, il avait assisté à l'agonie du *George-Washington*, jusqu'à cette casemate, ne l'avait pas lâché une seule minute. Tout semblait réglé d'avance pour l'amener ici, et il ne cherchait plus à se révolter. Il avait fait son devoir, la vie lui était à charge : il pouvait mourir. Sa mère ? Certes, la pauvre femme était la seule personne au monde à qui il pouvait laisser des regrets, mais il l'avait si peu vue toutes ces dernières années.

Le Hellô continuait à s'agiter dans la cage, comme un lion qui regrette les vastes espaces libres du désert ; il retournait à la grille, en secouait encore les barreaux, grognait et revenait vers Le Querrec.

A la fin, il se lassa, s'appuya contre le mur de la prison et dit, d'un ton amer en se croisant les bras :

— Rien à faire, commandant.

— Non, mon pauvre vieux, rien ! Et même si nous pouvions arracher une de ces tiges de fer, nous ne serions guère plus avancés.

« Comment descendre le long du roc à pic ? Nous irions nous abîmer dans l'océan.

— Peut-être ! mais j'aimerais mieux mourir ainsi que d'être le prisonnier des canailles qui nous ont capturés. Quand je pense que ce sont ces bandits-là, les passagers de l'Avion Noir, qui ont détruit notre *Vengeur*...

— Oui, mon brave, je sais tout cela, mais nous ne pouvons être plus forts que notre destinée.

« En ce moment, il nous est impossible d'agir. Réservons nos forces, ne les gaspillons pas. Qui sait ? Peut-être en aurons-nous besoin bientôt ? Espérons !

Le premier maître regarda drôlement son officier : devenait-il fou ? que voulait-il dire et que pouvait-il espérer maintenant ?

CHAPITRE XV

« AU SECOURS ! »

D'après les calculs de Mathieu, il était à peu près quatre heures de l'après-midi quand ils avaient été enfermés dans leur cellule.

Le soir vint. La faim commençait à se faire sentir ; cependant, habitués aux privations, les deux Français supportèrent assez vaillamment le manque de nourriture.

Pour se distraire, ils eurent le spectacle du coucher du soleil sur les flots. Lentement, l'astre d'or rejoignit l'horizon qu'il enflamma de violents reflets rouges, signe de tempête très prochaine, puis il sembla s'enfoncer dans la mer et disparaître dans les profondeurs mystérieuses de l'océan. Rapidement et presque sans crépuscule, la nuit s'étendit sur l'immensité de la mer. Les cris de quelques oiseaux, mouettes, goélands, albatros, qui rejoignaient leurs nids pour la couchée, furent les seuls bruits vivants qu'entendirent les deux prisonniers.

— Qui dort dîne, Marie, dit le lieutenant de vaisseau, qui avait retrouvé, au moins en apparence, un peu de bonne humeur et de gaieté. Notre lit est fait, nous n'avons qu'à en profiter.

— Oui, mais il sera dur, grommela l'autre.

— Allons, allons, cesse de faire la mauvaise tête, à quoi bon ? puisque nous sommes réduits à l'impuissance.

Il affectait pour son subordonné une insouciance qu'il était loin de partager, au fond de lui-même, mais il savait qu'un chef doit toujours donner l'exemple du courage.

— Au moins, dit Marie, tu vas t'étendre dans le fond, et moi, je me coucherai devant toi, comme cela, tu auras moins froid.

Remis en confiance, le brave garçon ne pensait plus qu'à se dévouer pour son chef.

Et tous deux s'allongèrent, pour tâcher de trouver le sommeil sur le pavé inconfortable de la cellule.

A peine à terre, le premier maître s'endormit et se mit à ronfler avec la sérénité d'une conscience tranquille. Il succombait à la fatigue, oubliant sa chute, sa démonstration de boxe, et les terribles morsures des chiens qui avaient planté leurs crocs acérés dans ses mollets.

Pour Mathieu, le sommeil fut plus long à venir. Ses pensées, obsédées par une idée fixe, retournaient sans cesse à Micheline.

Pourquoi avait-il fallu que ce fantôme vînt réveiller un passé qu'il croyait mort à tout jamais ?

Puis, pour lui aussi, la fatigue fut la plus forte et ses nerfs furent vaincus par un sommeil fiévreux.

. . . .

Pendant que leurs songes leur faisaient revivre, amplifiées et augmentées encore, les angoisses de ces jours passés, dehors, le vent avait fraîchi, puis peu à peu était devenu plus violent. Il avait amassé de tous les coins de l'horizon d'énormes nuages noirs qui, se groupant, rendirent la nuit encore plus épaisse et plus lourde. Au sommet des vagues rapides et écrêtées par le souffle coupant de la brise, on aurait pu voir comme des étincelles : un orage se préparait, terrible, comme ils sont tous à cette époque de l'année dans les mers du Sud.

Dans le lointain, un roulement continu, semblable au défilé ininterrompu de fantastiques batteries de campagne, était accompagné de brefs éclairs qui troublaient à peine les nues. C'étaient les précurseurs de la tempête.

Néanmoins, dans leur cage, ouverte à tous vents, Mathieu et Jean-Marie continuaient à dormir, le premier agité, rêvant tout haut, le second plus calme.

Tout d'un coup, ils s'éveillèrent ensemble, tirés de leurs songes par un violent coup de tonnerre.

Instinctivement, ils se redressèrent. Le vent soufflait avec rage ; on entendait les vagues se soulever en mugissant et retomber lourdement avec fracas. Les éclairs se succédaient, sillonnant les nues, illuminant tout l'horizon et le bruit de l'orage était si terrible et si formidable qu'on aurait pu croire que le rocher qui contenait les deux prisonniers en tremblait sur sa base.

L'ouragan venait de plein fouet, avec tant de violence que les embruns en-traient jusque dans la cellule inondant les deux malheureux, si bien qu'à l'horreur de cette nuit d'apocalypse se joignait encore la désagréable sensation de porter des vêtements mouillés.

Ils grelottaient et se serraient l'un contre l'autre, ne sachant ce qu'ils allaient devenir.

Mais voilà que Le Hellô a une hallucination.

— Là, là, commandant ! crie-t-il en indiquant du doigt un point de l'océan.

Qu'a-t-il donc vu ? Ne rêve-t-il pas ? Le Querrec cherche du regard l'endroit qu'il désigne et ne peut cacher un mouvement de surprise.

Ce que le premier maître a vu, en effet, c'est un fanal, ballotté terriblement à la surface des flots déchaînés. La petite lumière monte, descend, suivant les caprices du vent. Mais est-ce une bouée lumineuse, ou un bateau en perdition ?

Les deux Français vont bientôt être fixés, car un éclair déchire la nue, suivi aussitôt d'un autre, et toute la surface de l'océan s'illumine violemment d'une lumière blafarde et sinistre : ils aperçoivent alors à la crête d'une vague énorme, toute frangée d'écume, un petit canot à moteur qui lutte contre la tempête. Puis tout retombe dans la nuit. Un nouvel éclair fulgure dans le ciel, dans un zig-zag aveuglant. Le léger esquif est toujours là, un peu plus éloigné cependant. Mais les prisonniers ont le temps de voir qu'il est monté par deux femmes.

Il semble à Mathieu que sa respiration s'arrête, que son cœur ne bat plus. Pourquoi faut-il donc que le spectre de Micheline se dresse encore une fois entre lui et la réalité ?

Savoir ! oh ! savoir ! être sûr que c'est

n rêve, mais ne plus être torturé par ces
ouvenirs.

Avec fureur, il secoue les barreaux de
ur cage. S'il arrivait à les rompre, il se
récipiterait dans les flots à la nage.

Le tonnerre gronde encore, la tempête
double de violence, c'est un roulement
interrompu comme une canonnade :

— Un feu de barrage, murmure, iro-
ique, le premier maître.

Et de nouveau, les éclairs répandent
ur l'infini leur clarté factice. Le canot en
roie aux lames est toujours là, mais à
s côtés a jailli un autre bâtiment, assez
mblable à la coque d'un sous-marin.

Cet engin est-il donc à la poursuite de
 petite embarcation ?

Le fanal cesse de briller.

Encore une fois, le ciel et la mer s'illu-
inent ; plus rien à la surface des flots.

Le fugitif et son poursuivant ont dis-
aru, et voilà un mystère qui trouble
rofondément les deux malheureux sans
u'ils parviennent à en deviner la solu-
on.

Après tant d'émotions, d'effets divers
hez les deux hommes, il n'était plus
uestion pour eux de trouver le sommeil.
Iélancoliques et silencieux, trempés jus-
u'aux os, ils s'assirent au fond de la cel-
ule.

Bientôt, l'orage diminua en intensité.
es éclairs se firent plus rares et plus
ourts, le roulement du tonnerre s'éloi-
na pour s'éteindre tout à fait. La mer,
ès agitée, ronronnait, comme si elle eût
 peine à retrouver son calme.

Après des heures d'angoisse, le jour
int enfin tout d'un coup, sans aube,
omme le soir il n'y avait pas eu de cré-
uscule.

La cage étant exposée à l'ouest, ses
eux occupants ne pouvaient voir le so-

leil, qui se levait derrière leur rocher,
mais l'océan s'illumina de mille feux, la
crête des vagues brillait, un peu de brume
traînait encore à l'horizon : l'astre du jour
montait resplendissant dans un ciel serein, complètement débarrassé des nuées
d'orage.

Avec la lumière, la faim talonna les prisonniers : voilà plus de vingt-quatre heures qu'ils n'avaient rien mangé.

— Le moindre biscuit, la plus vulgaire
boîte de singe feraient rudement bien
notre affaire, gémit le premier maître.

Mathieu ne répondit pas. Depuis les
émotions de cette nuit, il avait la fièvre ;
les tempes en feu, il allait et venait dans
l'étroite cellule et sentait la folie monter
en lui, si une certitude quelconque ne lui
était pas donnée.

Et cependant la journée entière se
passa sans qu'ils vissent un seul être
humain, sans qu'aucune nourriture leur
fût apportée.

On les avait oubliés et cette prison
allait devenir un charnier.

Comme la veille, ils assistèrent au coucher du soleil, mais plus tristement encore, en proie à des troubles nerveux causés par le manque de nourriture et surtout par la soif, plus terrible encore.

Défaillants et sans force, désormais, les
deux hommes s'étaient étendus à terre,
mais sans pouvoir trouver le sommeil.

— S'ils veulent nous faire mourir, autant nous tuer tout de suite, dit Le Hellô.

— Si j'avais seulement une arme, déli-
rait Mathieu.

— Oui, commandant ! vous pourriez
m'abattre et vous faire sauter la cervelle
ensuite.

Fallait-il que ces deux courageux
fussent déprimés pour en venir à émettre
ces paroles désespérées !

Puis, ils se turent, bercés dans un demi-sommeil, plus semblable à un évanouissement qu'à un repos, sous le bruit monotone et doux des vagues se brisant sur les rochers.

Tout à coup, des éclats de voix les firent sortir de leur torpeur. On se querellait non loin d'eux, des cris parvenaient jusqu'à leurs oreilles sans qu'ils pussent se rendre compte d'où ils sortaient.

Redressés aussitôt, malgré leur abattement, ils se précipitèrent à la grille. La discussion avait lieu au-dessus d'eux, sur une terrasse sans doute qui dominait leur prison. On ne comprenait pas les mots qu'échangeaient les deux interlocuteurs, mais il était facile de distinguer les voix d'une femme et d'un homme, dont les interjections s'entre-croisaient, violentes, passionnées.

De temps en temps, la femme criait, l'homme alors élevait le ton pour la dominer. Quelques mots, en français, semblait-il, arrivaient aux oreilles des prisonniers, mais rares et comme submergés par ceux d'une autre langue.

Mathieu écoutait, anxieusement, les tempes bourdonnantes, en proie, une fois de plus, à ses hallucinations chimériques.

Le Hellô, plus calme, le regardait d'un œil inquiet.

Et voilà que la dispute cessa pour faire place à des lamentations que laissait échapper la femme ; ces cris étaient scandés par des claquements comme ceux d'un fouet. La malheureuse était-elle donc flagellée par son compagnon ?

Le Querrec, à la torture, tressaillait comme s'il eût reçu dans sa chair chacun des coups qui se distribuaient là-haut.

— Oh ! murmurait-il à chaque sifflement du fouet.

A ce moment, un hurlement, véritable cri de bête blessée, retentit, suivi de ces mots, *en français* :

— Au secours ! Au secours !

Comme fou, Mathieu secouait la grille et s'y déchirait les doigts, les yeux lui sortaient de la tête, l'écume montait à ses lèvres.

— Micheline ! cria-t-il, en s'écroulant sans connaissance dans les bras de son ami, qui s'était précipité pour le recevoir.

. . . .

Toute la nuit, Le Hellô veilla son commandant dont l'évanouissement était coupé de sursauts nerveux ; mais, malgré tous ses efforts, il ne put le rappeler à lui et se désolait à ses côtés, quand le soleil se leva, illuminant aussitôt l'espace.

Comme à un signal attendu, la porte de fer de la cellule s'ouvrit sans bruit, livrant passage à un géant roux, tout de noir habillé, avec la sinistre tête de mort surmontée de tibias croisés sur le bras gauche. Sans dire un mot, sans plus se soucier des prisonniers que s'ils n'existaient pas, il déposa dans un coin de la prison un grand plateau de bois sur lequel était disposé un déjeuner des plus copieux : du café, du pain, du beurre, du jambon, etc. ; puis, il sortit d'un pas automatique comme il était entré.

Le Hellô entendit la lourde porte se refermer, mais il s'en souciait bien. D'un œil ardent et joyeux, il couvait le plantureux repas qui s'offrait si à point et, comme un animal affamé, il se précipita vers le plateau. Son regard, en même temps, tomba sur son chef étendu à terre et toujours évanoui : immédiatement la raison lui revint.

— Et mon pauvre Mathieu, se dit-il. Lui avant tout. Moi, j'ai bien le temps de manger.

Versant alors un peu de café dans une

s tasses qui se trouvaient sur le pla-
u, il l'approcha des lèvres de Le Quer-
, dont il parvint à desserrer les dents
c la pointe de son couteau, et y versa
elques gouttes. Le liquide chaud pro-
isit aussitôt son effet bienfaisant dans
corps épuisé du malheureux, qui ouvrit
yeux.

— A table, commandant ! s'écria alors
eusement le premier maître, à table et
us allons faire honneur au menu.

— Nous avons donc à manger ?

— Regardez seulement ! Voici ce que
geôliers viennent de nous envoyer.

t de fait, le jambon, rose à point, avait
e mine, ainsi que le pain doré et bien
d.

e Hellô s'en empara, y mordit, puis
rêta dans son geste, en poussant un
on :

— Qu'y a-t-il encore ?

— Il y a, commandant, que je viens de
casser une molaire, dit-il piteusement
retirant de sa bouche le petit morceau
voire. Mais ces gens-là font donc leur
n avec des cailloux ?

ntrigué, il regardait l'intérieur du
ûton qu'il tenait à la main.

— Tenez, voilà la saleté sur laquelle
brisé ma dent.

t, d'un doigt expert, il extirpait de la
he un objet noir, effilé, qu'il allait
r au loin à travers la grille, quand
thieu le retint.

— Attends, malheureux, ne jette pas
cela !

— Pourquoi donc ?

— Regarde auparavant ce que c'est.

— Vous avez raison. Mais ce n'est pas
un caillou, s'étonna-t-il, en contemplant
la chose dans le creux de sa main, on
dirait plutôt un petit morceau de fer ou
d'acier ; mieux, une balle.

— C'est un tube, intervint Le Querrec,
haletant, qui le prit et le retourna en tous
sens.

C'était, en effet, un petit étui d'acier, en
deux parties, qui se vissaient exactement
l'une sur l'autre. A force de le manipuler,
l'officier avait réussi à découvrir et à dis-
joindre le pas de vis.

Les deux prisonniers, anxieux, se de-
mandaient ce que pouvait contenir cet
objet si peu à sa place dans une miche de
pain.

Un petit billet de la largeur d'une
feuille à cigarettes occupait l'intérieur du
tube, d'où Mathieu le retira d'une main
tremblante.

Il le déplia, et y lut les mots suivants,
écrits en français :

« Qui que vous soyez, quand vous serez en sa présence, ne le contredisez pas.
Il y va de votre existence et peut-être
pourrez-vous ainsi accomplir une bonne
action. »

CHAPITRE XVI

LE PIRATE DU PACIFIQUE

Que signifiait cette phrase énigmatique ? Par qui avait-elle été écrite et quel était ce mystérieux personnage qu'il ne fallait pas contredire pour avoir la vie sauve et pour accomplir une bonne action ?

— Après tout, dit Le Hellô, ce n'est pas difficile, s'il n'y a qu'à se taire, je m'en charge.

— Oui, mais quel peut être notre correspondant anonyme ? ajouta Le Querrec ; pourquoi néglige-t-il de se faire connaître ?

A l'examen du billet, l'écriture paraissait grossière et appliquée, celle d'un bon élève d'école primaire, par exemple, mais ne fournissait aucune précision sur sa provenance.

— Bah ! après tout, commandant, nous verrons bien, l'essentiel est de nous restaurer ; continuons notre repas !

Le lieutenant de vaisseau ne répondit pas et se servit à manger, plus par devoir que par goût, car il s'agissait pour lui de reprendre les forces nécessaires pour les luttes qu'il devinait prochaines.

La lecture de ce billet avait fait tomber sa surexcitation. Cette écriture n'était pas celle de Micheline : il la connaissait bien, certes, autrement fière, aristocratique et intelligente !

Ce papier, dans sa formule préten-tieuse, ne lui apprenait rien ; mais, certes, l'avertissement était bon à prendre et les deux prisonniers en feraient leur profit. En tout cas, c'était pour l'officier un commencement de preuve que, véritablement, sa fiancée ne se trouvait pas dans l'île. Allons donc ! elle ne pouvait pas s'y trouver et il se moquait de ses propres rêves. Il fallait qu'il eût perdu la tête pour sombrer dans de pareilles divagations. Micheline ? Mais elle était dans un coin quelconque de la Bavière ou de la Silésie, en train de filer le parfait amour aux pieds énormes de son Boche qui lui soufflait dans le nez la fumée de son immense pipe.

A cette image grotesque, à cette caricature de ce qui aurait pu être son bonheur, ses poings se serrèrent, sa mâchoire se crispa. Puis, il haussa les épaules. Allons ! arrière, tous les cauchemars. Mangeons, l'ennemi va venir, et peut-être vraiment faudra-t-il être fort pour ne pas *le contredire*.

Les deux affamés avaient à peine fini de se restaurer que, de nouveau, la porte de la cage s'ouvrit, mais, cette fois, lentement, majestueusement, pour livrer passage à un personnage singulier qui entra à pas comptés.

Le nouvel arrivant était grand, bien taillé, élancé, un beau type d'homme, du moins autant qu'on en pouvait juger, car il avait le visage recouvert d'un loup de velours noir à travers les trous duquel brillaient deux yeux sombres, singulièrement vifs et acérés.

Sa chevelure était blonde, d'un blond ardent presque roux, et s'échappait, abondante, de la casquette plate en cuir qui ornait son chef ; il était entièrement vêtu de noir, le bas du pantalon enfermé dans des guêtres fauves. Sur sa poitrine, en plein milieu, brillait une tête de mort, en argent, surmontée des inévitables tibias, du même métal. Il faut croire que c'était l'insigne commun à tous les habitants de l'île.

Sur le côté gauche, l'homme portait un ruban, noir et blanc, large, disposé en losange, celui de la croix de fer allemande.

Il avait laissé derrière lui la porte ouverte, négligeant de la refermer ; mais, si les Français avaient été tentés d'en profiter, un simple regard à l'extérieur eût suffi à leur faire comprendre l'inutilité d'une fuite : le couloir était occupé par une vingtaine d'hommes en armes, renforcés de quatre dogues d'Ulm, véritables molosses qui grondaient en montrant leurs dents pointues.

— *Tür zu !* (1) dit l'homme, en se retournant, à l'un de ceux qui l'accompagnaient.

La porte se referma.

Il était maintenant seul avec les prisonniers. A sa ceinture de cuir jaune, pendait, d'un côté, un poignard au manche richement travaillé et, de l'autre, un revolver dans sa gaine, dont la crosse laissait voir les pierres précieuses qui y étaient enchâssées.

____

(1) Fermez la porte.

Immobiles au fond de leur cellule, les deux Français considéraient curieusement le nouvel arrivant.

— Mais pourquoi se cache-t-il le visage ? se demanda à voix basse Le Querrec.

— Sans doute parce qu'il est trop affreux, répondit sur le même ton Le Hellô qui avait entendu.

L'homme masqué s'était avancé d'un pas grave, puis il s'arrêta et, se croisant les bras, fixa les deux Français.

A travers les trous de son masque, ses yeux lançaient des éclairs, tandis que ses épaules étaient agitées de violentes secousses : manifestement, il était sous l'empire d'une colère contenue et faisait des efforts surhumains pour en arrêter les élans.

Sa poitrine se soulevait.

Enfin, il parut reprendre empire sur lui-même, son regard s'éteignit et il se décida à parler.

Les mots sortaient lentement de sa bouche, comme avec difficulté, d'une voix basse et sourde, mais dans un français impeccable, peut-être même un peu trop cérémonieux.

— Vous êtes Français, dit-il. Qu'êtes-vous venus faire ici ? Ne vous suffit-il donc pas d'avoir asservi à votre joug corrompu les plus belles et les plus riches nations du monde, sans venir troubler ceux qui ont essayé de se refaire une existence loin de vous et en dehors de votre civilisation ?

Les deux Français, cherchant à comprendre le sens de ces paroles, écoutaient en silence.

— Vous ne dites rien, poursuivit-il. Au surplus, qu'auriez-vous à répondre ? Votre crime est patent. Vous avez tiré sur mes hommes et sur moi. Je pourrais vous mettre à mort au milieu des plus horribles tortures. C'était d'abord mon intention, mais, pour des raisons dont je n'ai pas à vous rendre compte, j'ai changé d'avis. Vous ne mourrez pas, mais vous serez mes esclaves ; vous entendez ? mes esclaves.

« Il me plaît d'être servi par des Français, d'humilier deux Français, puisque Dieu vous a fait tomber en ma puissance. Votre existence n'est pas en danger, mais chaque refus d'obéissance sera puni par la schlague : vous serez fouettés ! Toutefois, vous pourrez vous mouvoir librement dans l'enceinte où vous serez conduits.

« N'essayez pas de fuir, ce serait pour vous la mort.

Sur ces dernières paroles, l'homme se tut, regarda encore une fois, fixement, les deux prisonniers, puis, sur un raide demi-tour, se dirigea vers la sortie.

Au moment d'atteindre la porte, il se retourna et, d'une voix claire, cette fois, comme inspirée, se redressant de toute sa taille, il jeta :

— C'est moi le maître absolu, ici. Je suis le Pirate du Pacifique !

Et il ouvrit. Un commandement rauque retentit dans le couloir. Les miliciens qui s'y trouvaient se figèrent en un garde à vous impeccable et Le Querrec eut le temps de les voir présenter l'arme à l'allemande à leur maître.

Restés seuls dans leur cage, les deux Français se regardèrent un instant sans mot dire, puis, malgré la gravité de la situation, Le Hellô partit tout à coup d'un formidable éclat de rire : son joyeux tempérament reprenait le dessus.

— Non ! mais, l'as-tu entendu, commandant ? « Je suis le Pirate du Pacifique ! » Ah ! là ! là ! s'il n'avait pas eu son électricité, le *Vengeur* lui aurait fait passer un vilain quart d'heure !

— Le *Vengeur*, répéta le lieutenant de vaisseau, subitement tout triste. Notre pauvre avion, nos malheureux camarades ! Et nous qui voulions leur donner une sépulture, que vont devenir leurs cadavres, abandonnés dans ce coin de parc ? Ah ! pourquoi avons-nous échappé au sort commun ?

— Commandant ! il ne faut pas désespérer. Ce gaillard nous a dit que nous serions libres dans les limites de l'enceinte où nous serions enfermés. Que diable ! nous trouverons bien un moyen quelconque de préparer une évasion.

— Espérons-le, mon brave Jean-Marie, dit Mathieu, complètement découragé, et qui n'avait même plus pour se soutenir la hantise de ses illusions des jours précédents.

CHAPITRE XVII

EN PLEIN MYSTÈRE

Toute la journée, les deux prisonniers restèrent enfermés dans leur cage marine. Le soir, la porte s'ouvrit encore, et le géant roux, déjà vu, qui semblait attaché à leur service, leur apporta un nouveau repas appétissant, deux couvertures pour la nuit et un ballot de vêtements qui se composaient de deux complets de laine sombre. L'homme, sans un mot, les invita par gestes à le revêtir tout de suite.

Décidément, le vent avait tourné. Le maître de l'île tenait sa parole. Après les avoir laissés mourir, ou presque, de faim et de froid, il les comblait.

Il fallait le solide tempérament des deux marins pour avoir pu résister victorieusement à toutes ces privations.

Ils obéirent au désir de leur gardien et échangèrent leurs vêtements d'uniforme, déchirés, brûlés, mis en loques lors de leur accident, contre les pantalons et les confortables vareuses qu'on leur apportait.

L'homme sortit et, leur repas expédié, ils se préparèrent pour la nuit.

Celle-là, au contraire des deux précédentes, se passa sans incident. Ils avaient réellement besoin de repos et, roulés chacun dans sa couverture, ils dormirent d'un trait jusqu'au lever du jour.

Leur gardien, après les avoir réveillés, leur apporta leur nourriture et attendit dans la cellule qu'ils se fussent restaurés, tout en fumant une longue pipe de porcelaine.

— Ma parole, dit Le Hellô, on dirait que tous ces gens-là sont des Boches.

— Ma foi, oui ; en tout cas, ils parlent certainement allemand entre eux.

Le géant roux, les yeux perdus sur l'océan, ne semblait pas les entendre. Quand ils eurent fini, un seul mot rauque sortit de sa bouche :

— *Auf !*

— Debout ! traduisit Mathieu pour son camarade ; il nous dit de nous lever.

Ils s'exécutèrent. L'homme ouvrit la porte, s'effaçant pour les laisser passer devant lui.

— Merci bien ! lui lança le premier maître, jovial. Quelle politesse !

Et ils sortirent. Dans le couloir, un autre gardien les attendait, d'une espèce un peu différente du premier, mais bien plus dangereux, qui grogna en les apercevant et laissa voir ses crocs acérés : c'était un énorme dogue d'Ulm, tacheté de blanc et de noir, de la taille d'un veau à peu près, qui, sans hésitation, se mit à trottiner derrière les prisonniers. Devenu leur garde du corps, il ne devait plus les quitter.

Quel que fût son rôle auprès d'eux, c'était une fort belle bête, dont les yeux pétillaient d'intelligence.

Il semblait, d'ailleurs, qu'il y eût dans l'île un fort contingent de ces chiens dont le Pirate du Pacifique utilisait les qualités pour ses sinistres besognes.

— Comment a-t-il pu amener tous ces animaux ici ? demanda Le Hellô.

— Demande plutôt comment il a pu découvrir cette île déserte et venir s'y installer !

— Ça, c'est un mystère que j'espère bien pouvoir éclaircir un jour.

— J'y compte bien, mon brave ; en attendant, nous voilà sous la surveillance de ce dogue.

— Oui, et comme j'ai fait connaissance avec les dents de ses confrères le jour de notre arrivée, j'aime autant ne pas recommencer l'expérience aujourd'hui.

— Tu ne sens plus rien de tes morsures ?

— Non, mais, vraiment, cet oiseau-là n'a pas l'air bon, regarde-moi ces crocs.

— En tout cas, je préfère la garde d'un chien à celle d'un homme et, après tout, celui-là, on pourra peut-être arriver à l'apprivoiser, en y mettant le temps et la bonne volonté nécessaires.

— J'en doute, répondit le commandant qui connaissait les mœurs irascibles et sauvages de cette race de chiens.

Et comme le marin avançait la main vers la bête pour la caresser, celle-ci ouvrit la gueule et se jeta en avant avec un aboiement agressif.

— Pas commode, le jeune homme ! dit Marie en battant prudemment en retraite.

Le géant les avait rejoints, un sourire ironique aux lèvres devant les résultats piteux de la tentative de Le Hellô. Il leur fit signe de le suivre et ils obéirent, accompagnés par le molosse.

Ils s'engagèrent dans une sorte de cloître ou de galerie taillée dans le roc, dont leur cage-prison formait l'extrémité : un petit escalier se présenta à gauche. Ils le prirent et le descendirent interminablement pour déboucher tout d'un coup dans une vaste cour carrée, dont un des côtés était obstrué par un bois touffu et les trois autres, fermés par une haute muraille.

Trois bâtiments semblables occupaient le centre de cet espace. Ils étaient grands, spacieux, et il s'en échappait un bruit semblable à celui que produisent en tournant de puissantes dynamos.

Ils s'y dirigèrent et le géant les fit entrer dans un petit atelier, très propre, où se trouvaient réunis des outils de toutes sortes et, sur un établi, des pièces de moteur que Le Hellô, habile mécanicien, identifia aussitôt : des bielles, des soupapes, des cylindres.

— *Arbeit !* (travail !) dit seulement l'homme en désignant d'un geste large toute la pièce, puis il se retira, laissant le chien pour garder les prisonniers.

La bête se coucha, docile, devant la porte confiée à la défense de sa terrible mâchoire.

— Alors, dit le premier maître, on compte sur nous pour ajuster tout cela. Si on m'avait dit, quand je me suis embarqué à Paris, à la poursuite du pirate des airs, que je terminerais l'expédition en travaillant pour son compte !

— Que veux-tu, mon pauvre Jean-Marie, il faut nous résigner à notre sort, et, d'ailleurs, rien ne nous presse.

Les deux prisonniers mirent fort peu d'ardeur à leur tâche, cette journée-là. A leur grand étonnement, personne ne vint les contrôler, pas plus **que** les jours suivants.

Le Pirate du Pacifique tenait véritablement ses promesses : ils étaient libres de leurs mouvements dans l'enceinte où ils étaient enfermés ; un seul gardien, toutefois, ne les quittait pas : le dogue.

Dans une casemate proche de l'atelier, se trouvaient disposés deux lits de camp, ainsi que les lavabos : c'est là qu'ils avaient élu domicile et c'est là aussi que, chaque matin et chaque soir, leur nourriture, excellente, d'ailleurs, leur était servie par le géant roux.

Celui-ci gardait le mutisme le plus complet et continuait d'affecter à leur égard la plus parfaite indifférence.

— J'aime autant la conversation du chien, affirmait Le Hellô.

Ce qui ne veut pas dire que le dogue se fût laissé apprivoiser ; mais, comme ses compatriotes, il ne se livrait pas et continuait, en bon chien de garde, à faire son métier.

Mathieu, qui baragouinait un peu d'allemand, avait essayé de faire parler le Boche, mais l'enfant de la Germanie avait paru ne pas entendre.

Chose remarquable, cependant : à certains jours, il faisait son service avec une exactitude et une ponctualité tout à fait remarquables ; à d'autres, c'était la plus aimable fantaisie qui semblait dicter ses actes. Les deux prisonniers ne devaient avoir que plus tard l'explication de ce changement d'attitude, qui dépendait, disons-le de suite, de la présence ou de l'absence du Pirate du Pacifique dans son île.

Plusieurs semaines se passèrent ainsi ; calmes, uniformes et grises ; pour tuer le temps, ils avaient un peu travaillé et la grande occupation de Le Hellô avait été

de fabriquer tout un jeu de fausses clefs, communément appelées rossignols : « Ça pouvait toujours servir ! », disait-il, car, malgré leur indifférence apparente, l'un comme l'autre ils ne pensaient qu'à une évasion possible.

Comme les deux Français ne connaissaient rien de la fameuse enceinte que les murs qu'ils avaient longés le jour de leur capture, ils résolurent d'entreprendre une exploration à travers le parc dont les derniers arbres ombrageaient tout un coin de la grande cour où s'élevaient les ateliers ; ceux-ci, d'ailleurs, semblaient inoccupés, puisque jamais on n'y voyait entrer ou sortir qui que ce soit.

Un soir donc, sitôt leur travail fini, Le Querrec et son premier maître rentrèrent dans leur casemate : leur maître d'hôtel coutumier les attendait avec leur dîner. Pour expérimenter sur lui, avec plus de sûreté, l'effet que pourrait produire l'escapade projetée, Mathieu lui dit, en allemand, en même temps qu'il désignait le parc :

— *Spazieren ?* (1).

L'homme, un instant étonné, le regarda, puis :

— *Ia wohl ! ia wohl !* répondit-il avec un sourire narquois. *Im ganzen Wald* (2).

C'était une permission en règle, et les deux amis ne se le firent pas répéter. Ils avalèrent en hâte leurs pains au jambon et sortirent aussitôt de leur chambre.

La nuit, tombée très vite, était éclairée par une lune magnifique qui répandait une coulée d'argent sur le sol uni de la cour et, plus loin, sur les feuilles des arbres.

------

(1) Promener.
(2) Dans toute la forêt !

— Ah ! ça, par exemple, c'est drôle ! s'esclaffa le premier maître.

— Quoi donc ? interrogea Le Querrec.

— Mais le chien ne nous a pas suivis !

— C'est bizarre, en effet, et même cela m'inquiète un peu.

— Mais pourquoi ?

— Parce que, tant que cette bête veil-lait sur nous, c'était la preuve qu'aucun soupçon de nos geôliers n'existait à notre égard. Son absence cacherait-elle un piège ?

— En tout cas, ouvrons l'œil. Et puis, commandant, j'ai dans ma poche une pointe d'acier que j'ai trempée et aigui-sée à l'atelier. Je saurai m'en servir pour nous défendre et tant pis pour celui qui se mettra en travers de notre chemin.

En parlant, ils avaient continué d'avan-cer et atteignaient presque la lisière du parc. Leur ombre, agrandie démesuré-ment par la lune oblique, s'étendait, gi-gantesque, jusqu'aux premiers arbres. Au moment de s'engager dans le taillis, où un trou noir indiquait une sente, Le Hellô s'arrêta, retenant son commandant par le bras.

— Regarde ! là-bas !

Deux points lumineux, en effet, bril-laient étrangement à un mètre du sol. Les deux Français restèrent sur place. Puis les deux foyers de lumière s'étei-gnirent, une chose sombre bondit du tail-lis et vint retomber, silencieuse, à leurs pieds : c'était le chien chargé de les gar-der.

— Mais c'est donc le diable que cet animal-là ! s'indigna Le Hellô. Comment a-t-il pu deviner que nous allions juste-ment par là ?

— Ça, mon vieux, lui répondit son chef, c'est au-dessus de mes moyens de te l'expliquer. Mais je préfère voir cette bête avec nous. Au moins, sa présence signifie qu'aucune embuscade ne nous est tendue.

Ils n'avaient plus de raison de tarder davantage, et, résolument, ils entrèrent sous la voûte des feuilles, percée de place en place par un rayon de lune qui éclai-rait le sentier d'une lueur blafarde.

De temps à autre, le vol d'un oiseau de nuit, effrayé par leur promenade noc-turne, leur faisait relever la tête. Le chien les suivait toujours.

Au bout de trois quarts d'heure de marche, ils débouchèrent sur une pelouse très vaste, percée en son milieu par une grande pièce d'eau où se reflétait l'astre des nuits.

Là-bas, très loin, la bâtisse blanche du château, avec ses quatre pylônes de fer, se dressait confuse dans les ténèbres.

— Tiens, dit le premier maître, ils ont relevé le pylône qui avait été tordu lors de notre chute.

— Oui, et nous ne devons pas être loin de l'endroit où s'est fracassé notre pauvre *Vengeur*, répliqua le commandant. Cher-chons donc et peut-être retrouverons-nous des traces de nos malheureux camarades.

Ils commencèrent à fouiller tous les coins, espérant y découvrir un indice, un point de repère qui pût les guider, mais rien n'apparaissait. Pourtant, c'était bien ici, Mathieu en était sûr : il reconnaissait le terrain et les bouquets d'arbres, mais tous les débris de l'avion avaient été soi-gneusement enlevés, l'herbe même, qui avait dû être brûlée par l'essence en flammes, ne conservait aucune trace de l'accident : elle poussait partout verte et drue.

— C'est un peu fort ! dit Le Querrec, cherchons encore, cherchons mieux.

— Mais es-tu sûr que ce soit bien ici ?

— J'en suis absolument certain.

En marchant, ils s'étaient rapprochés de la forêt. Le chien, qui jusqu'alors les avait suivis, fit un bond en avant et se mit à gronder d'une façon continue.

— Que signifie ? dirent-ils ensemble.

— Quelque bête de nuit, sans doute, qu'il a éventée.

— Non, ce chien-là ne chasse que l'homme. Suivons-le et tenons-nous sur nos gardes.

Derrière le dogue ils s'engagèrent dans les taillis dont les basses branches leur fouettaient le visage. L'animal marchait droit à une petite clairière exposée en plein aux rayons de la lune, et ne cessait de faire entendre ses grognements menaçants.

Les deux Français débouchèrent entre les arbres. Là, à la lumière blafarde, irréelle de la lune, ils virent six petits tertres de terre, surmontés chacun d'une croix en fer forgé, au centre de laquelle était attachée une pancarte blanche.

Le cœur battant, la respiration haletante, ils s'approchèrent et lurent sur la première de ces croix les mots suivants :

« Ici repose Michel-Jean-François Korfmatt, de Brest, enseigne de vaisseau à bord de l'hydravion français *le Vengeur*, tombé au champ d'honneur, le 28 juin 192..., pour la France et pour l'Humanité. »

Les cinq autres croix portaient les cinq noms des matelots du *Vengeur* tués dans la terrible chute qui avait causé la perte de l'appareil.

Mathieu et Le Hellô se regardèrent ; ils frissonnaient de fièvre. Ainsi, cette sépulture qu'ils se reprochaient de n'avoir pu donner à leurs camarades, un autre y

avait pourvu. Mais qui ? Ce n'étan pas, certes, le Pirate du Pacifique ! Alors ?

Et, une fois de plus, les cauchemars de Le Querrec reviennent à la charge, il vacille et serait tombé sans l'appui du bras de Jean-Marie.

— Et vois, commandant, dit ce dernier, sur chaque tombe, il y a un bouquet de fleurs fraîches.

— Mais qui, dans cette île maudite, peut ainsi prendre soin de ces tombeaux ?

— Morts pour la France et l'Humanité, répétait le commandant. Ce ne peut être un ennemi qui a écrit cela.

Pendant qu'il parlait, de grosses larmes coulaient sur ses joues. A la fin, il tomba à genoux devant la croix qui abritait la dépouille de son enseigne. Le Hellô l'imita.

Plongés dans leur méditation, ils ne virent point le dogue s'éloigner à pas feutrés vers l'entrée de la clairière.

Quand ils relevèrent la tête, une femme de haute taille, voilée, était près d'eux, le chien à ses côtés. Sans un geste, elle leur dit à voix basse :

— Silence, je vous attendais, suivez-moi !

Pétrifiés d'étonnement, ils se préparaient à obéir à cette injonction, quand le premier maître se ravisa :

— Mais le chien ? dit-il.

— C'est vrai, répondit la femme.

Et, fouillant dans une aumônière qu'elle portait à sa ceinture, elle en retira un objet qu'elle lança à l'énorme bête.

— Tiens ! Siegfried.

Le molosse se précipita sur la boulette qu'il avala d'un seul coup de langue. Au même instant, ses pattes fléchirent, ses yeux s'éteignirent et se révulsèrent, tandis qu'un peu d'écume sortait de sa gueule, puis il roula sur le sol, les membres raidis : il était mort empoisonné.

— Maintenant, partons, dit la femme voilée, avec un soupir de soulagement.

Sans s'expliquer s'ils avaient tort ou raison, les deux Français s'engagèrent à sa suite, sous le couvert de la forêt.

XVIII

EXPLICATION

La petite troupe s'avançait silencieuse. La femme, qui n'avait toujours pas laissé voir son visage, tenait la tête et marchait d'un bon pas. A tout hasard, Le Hellô s'était placé derrière elle, serrant dans sa main le poignard qu'il s'était fabriqué. Au moindre geste suspect, il était bien décidé à en faire usage.

Avisés à la lisière de la forêt, la femme s'arrêta.

— Rentrez votre arme, monsieur Le Hellô, dit-elle d'une voix harmonieuse, vous n'aurez pas à vous en servir. Ce sont des amis que vous verrez ce soir.

La foudre serait tombée aux pieds du premier maître qu'il n'en aurait pas été plus abasourdi.

Voilà qu'on le connaissait maintenant ! Mais c'était donc des sorciers que ces gens-là ?

La marche reprit. Ils se dirigèrent directement vers le château dont la masse se dressait dans l'ombre. La lune s'était cachée derrière d'épais nuages et ils n'avaient pas eu besoin de prendre des précautions pour traverser la bande de pelouse qui les séparait de l'habitation.

L'inconnue les conduisit jusqu'à une porte basse s'ouvrant à même dans le mur.

— Nous sommes obligés de prendre un escalier de service, s'excusa-t-elle. J'ai dû en fermer la porte en sortant à cause des chiens qui rôdent partout, mais j'ai oublié mes clefs. Monsieur Le Hellô, vous qui possédez une trousse de cambrioleur, c'est le moment d'utiliser vos talents, ajouta-t-elle avec un sourire.

— Décidément, cela dépasse tout, pensa le premier maître, la voilà qui sait aussi que j'ai fabriqué des rossignols.

Docile, il s'exécuta et, après deux ou trois essais, la porte s'ouvrit, leur livrant passage.

Un escalier se présentait qu'ils gravirent, et ils arrivèrent à un couloir spacieux dont le sol était recouvert d'un épais tapis de haute laine qui étouffait le bruit des pas.

La femme mystérieuse et si bien renseignée les arrêta devant une tenture et dit :

— Si monsieur le commandant veut bien entrer, M. Le Hellô va rester avec moi.

Un instant, les deux amis hésitèrent à se séparer.

— Je vous en prie, messieurs, n'ayez aucune crainte...

— Allons ! dit Mathieu, à Dieu vat !

Et, serrant cordialement la main du premier maître, il souleva la lourde draperie et pénétra dans la pièce.

Tout d'abord, il ne vit rien. Il se trouvait dans une chambre basse, à peine éclairée, encombrée, à l'orientale, de tapis, de poufs, de tabourets, les murs garnis d'épaisses tentures. Dans l'air flottait un léger parfum qui raviva ses souvenirs.

— Où donc l'avait-il déjà respiré ?

D'un coin de la pièce, un faible gémissement se fit entendre. Terriblement anxieux, hésitant, et plein d'appréhension, le marin s'y dirigea. Sur un lit bas, reposait une femme, pâle, les cheveux défaits paraissant dormir.

Mathieu tomba sur les genoux, poussa un cri :

— Micheline !

Ainsi ses pressentiments ne l'avaient pas trompé. C'était elle qui était près de lui et que ses nerfs exacerbés avaient devinée.

A cet instant, il oubliait tous ses griefs, la trahison, la fuite, le mariage coupable de sa fiancée.

Micheline ! Elle était là, devant lui, elle souffrait.

Penché sur la couche de la jeune femme, il prit sa main diaphane qui pendait gracieusement et la couvrit de baisers passionnés. Sous cette chaude caresse, la malade sembla revenir à la vie. Elle ouvrit les yeux, tourna sa jolie tête encadrée de cheveux d'or vers le jeune homme et murmura :

— Oh ! Mathieu ! Toi enfin ! Reste près de moi, mon chéri, toujours, oh ! toujours, dis.

— Micheline !

Le lieutenant de vaisseau ne put rien trouver d'autre à dire, tellement était forte l'émotion qui l'étreignait. Il se trouvait en présence d'une énigme, d'un mystère dont l'explication était proche, il devinait que son bonheur, sa vie dépendaient des paroles qu'allait prononcer la jeune femme.

Celle-ci avait de nouveau fermé les yeux.

Mais, au bout de quelques minutes, elle revint à elle, en versant d'abondantes larmes qui la soulagèrent.

La crise qui l'oppressait était terminée ; elle put sourire et essaya de se redresser sur sa couche. Aussitôt, Mathieu, avec des soins infinis, se précipita pour l'aider. Elle se laissait faire, heureuse de se sentir entre les bras de son ami. Sa magnifique chevelure blonde se répandait sur les mains du jeune homme, ce contact soyeux, le parfum délicat qui flottait dans l'air lui tournèrent la tête, il n'y put tenir, ses lèvres vinrent rejoindre celles de Micheline qui, le serrant contre elle, le tint longtemps embrassé.

— Ah ! mon Mathieu bien-aimé, mon ami de toujours, dit-elle, je n'ai jamais aimé que toi.

Ces paroles, qui voulaient être tendres, dégrisèrent le lieutenant de vaisseau. En un éclair il revit le petit estaminet de la campagne flamande où, après la guerre, il avait appris la ruine de son amour ; dans ses oreilles retentissaient encore les paroles brutales qu'il avait entendues :

— Mamzelle Lepôtre ! En voilà une qui ne s'est pas embêtée pendant la guerre et, maintenant, elle a f... le camp avec son Boche !

Malgré lui, son regard se durcit, il se redressa les bras croisés.

— Micheline, dit-il, c'est à Phalempin même qu'on m'a instruit de l'existence que tu as menée pendant la guerre. Ce sont les propres témoins de ta conduite qui m'ont fait connaître ton mariage !

La jeune fille tressaillit :

— Mon chéri ! tu as pu croire tout ce qu'on t'a raconté ? Oui, j'en conviens, les apparences étaient contre moi, mais si tu savais tout ce que j'ai souffert ! je veux te dire tout et tu me pardonneras.

« Non ! tu n'auras pas besoin de me pardonner, car je n'ai rien fait, rien, tu entends, qui soit contraire à l'honneur et à la foi que je t'avais jurée. Je te raconterai tout et tu me croiras.

Il y avait dans ces paroles un tel accent de sincérité que le jeune homme en fut ébranlé. De nouveau, il se baissa, reprit dans les siennes la main fine de son amie et lui dit d'une voix grave :

— Oui, Micheline, je te croirai, je veux te croire, car depuis le jour où je t'ai perdue, l'existence n'a été qu'une torture pour moi, et maintenant, que je t'ai retrouvée, je ne pourrais plus vivre sans toi.

— Et bien ! mon amour, écoute-moi.

— Mais ne crains-tu pas qu'on nous dérange ? Cet homme qui s'est montré à nous, se vantant d'être le Pirate du Pacifique.

— Sois tranquille, il est parti avec son maudit avion, celui que tu poursuivais, et il ne rentrera pas avant plusieurs jours.

Mathieu tressaillit. Ainsi, elle connaissait ce bandit, ce pirate...

Oh ! oui, il voulait savoir et à tout prix.

— Un peu de patience, mon chéri. Je vais t'expliquer tout.

« ... Je ne te rappellerai pas les premières semaines de la guerre, l'enthousiasme qui nous soulevait tous, la certitude d'une lutte courte, surtout après les victoires du début.

« Dès le commencement des opérations ,et à partir du mois d'octobre 1914, toute notre région du Nord fut envahie par l'ennemi. Les habitants fuyaient et refluaient vers le sud et l'ouest de la France. Mon père, déjà malade, ne voulut pas quitter le château, où nous restâmes à quatre, lui, Bathilde, ma fidèle femme de chambre, notre vieux jardinier Joseph et moi, tous nos autres domestiques nous ayant quittés.

Pendant les journées des 3, 4 et 5 octobre, la bataille fit rage autour de nous. Réfugiés dans les caves de la propriété, nous entendions le tonnerre de la canonnade, puis tout se tut, les troupes françaises s'étaient retirées.

« Alors, commença pour nous une existence morne et désespérante, sans nouvelles de France, sans lettres surtout de toi, mon amour. Mais je ne t'en oubliais pas pour cela, au contraire, et jamais mon cœur n'avait été plus près du tien que pendant ces heures douloureuses de la séparation. Mon père, de jour en jour plus malade, devenait toujours plus exigeant, nous mettant, Bathilde et moi, dans des transes continuelles.

« Entre temps, nous avions eu à loger au château un état-major allemand, dirigé par un colonel nommé von Schuhbart.

A ce nom, Mathieu poussa une exclamation.

Micheline reprit :

— Oui, je sais, ce bandit a été inscrit sur la liste des criminels de la guerre, mais attends la suite.

« Dans les premiers moments, le colonel se cantonna vis-à-vis de nous dans une politesse froide, à laquelle nous n'attachions aucune attention.

« Et voilà que mon pauvre père mourut. Immédiatement, l'attitude de l'Allemand changea, il devint empressé, aimable, s'arrangeant toujours pour se trouver sur mon chemin, mettant à ma disposition toutes les réserves de l'étape qu'il commandait.

« Je refusai toujours ses services.

« Un soir, enfin, où je le rencontrai dans l'escalier du château, au lieu de me céder la place, il me barra le passage, entoura ma taille de ses deux bras et chercha à m'embrasser.

— Le bandit ! rugit Le Querrec.

— J'essayai de me dégager, j'appelai, Bathilde accourut à mon secours. Le colonel lui cingla la figure d'un coup de cravache. Folle de rage, la brave fille lui sauta au visage et lui mordit la joue si violemment qu'elle en enleva un morceau large comme la paume de la main. C'est la seule blessure de guerre qu'il ait jamais reçue, et c'est depuis ce temps-là qu'il est défiguré.

« Profitant de son désarroi, nous nous réfugiâmes dans ma chambre, dont le colonel fit immédiatement enfoncer la porte par ses ordonnances.

« Il se présenta alors devant moi, et, d'un ton hautain, me déclara qu'il m'aimait et qu'il voulait m'épouser. Je ne lui répondis même pas, mais depuis ce jour je fus sa prisonnière ; gardée à vue dans le château, je ne pouvais sortir, ni faire un pas sans être suivie.

« Une seule fois, ivre, il voulut abuser de moi ; ce jour-là je fus sauvée par Joseph qui lui brisa une fourche sur le dos.

« Le lendemain, nous étions tous les trois embarqués de force sur un camion automobile qui fila à toute allure. Quand nous en descendîmes, nous étions en Allemagne, en Bavière plutôt, dans la cour d'un château appartenant à von Schuhbart, où il avait décidé de nous séquestrer. C'est là que j'ai appris qu'il était marié à une malheureuse qui vivait en recluse dans le bâtiment où nous étions internés.

« Jusqu'à la fin de la guerre, tu entends, Mathieu, jusqu'à la fin, et ceci se passait en 1918, nous vécûmes enfermés dans ce donjon, où pas une fois je ne revis mon ravisseur.

« Nous ne pouvions sortir, ni correspondre avec le dehors, gardés par des sbires et des chiens comme ceux qui sont ici.

« Puis vinrent l'armistice, la débâcle allemande. La perte de ses illusions, de ses désirs avait, paraît-il, vivement frappé Schuhbart, ardent pangermaniste.

« La fuite peu glorieuse de son empereur, en qui il avait une foi aveugle, le désastre de sa patrie lui avaient complètement tourné la tête. Il ne respirait plus que vengeance et proférait contre la civilisation, contre le monde, les menaces les plus sauvages et les plus terribles.

« A cela, s'ajoutaient nombre d'excentricités dont je te ferai grâce ; mais c'est ainsi, par exemple, qu'on ne le voyait plus que masqué pour cacher le trou horrible qu'avait fait dans sa joue la mâchoire de Bathilde.

« Il revint en Bavière, réalisa toute sa fortune, interna sa femme dans un couvent et nous entraîna, avec lui et les bandits qui forment sa troupe, jusqu'ici, Mathieu, où je te retrouve aujourd'hui.

— Ma pauvre chérie !

— Oui, et je te passe toutes les souffrances qu'il nous fit endurer, à Bathilde et à moi, sans oublier notre malheureux jardinier, passant de la politesse à la sauvagerie et à la brutalité.

— Mais alors, Bathilde ?

— C'est elle qui est allée vous chercher ; elle qui a toujours été ma providence, dans ces dures années.

« Pas un instant le dévouement de cette admirable fille ne s'est trouvé en défaut. Elle a été pour moi comme une sœur et comme une mère et, pourtant, tu peux facilement te le représenter, elle a été en butte à toutes sortes de sollicitations au milieu des sauvages qui nous entourent.

« C'est bien grâce à elle si mon moral a pu résister à tant d'épreuves. Quelles pénibles années, mon cher, nous avons passées.

— Et si tu savais, Micheline, comme j'étais avec toi, malgré tout !

— Quant à Joseph, tu as assisté, sans t'en douter, à sa triste fin.

— Et quand donc ?

— Le jour de ton arrivée dans ces parages, sur ton hydravion.

« Nous étions tous trois sur la terrasse à guetter le retour de von Schuhbart, quand nous vîmes son appareil poindre à l'horizon, bientôt suivi du tien. Tu penses si nos cœurs battaient d'émotion. Notre bourreau allait-il enfin recevoir le châtiment de ses crimes ? Tu te souviens de quelle façon il vous échappa et comment, ne voyant plus rien que notre terrasse déserte dans le soir qui tombait, tu allas poser ton *Vengeur* sur les récifs de l'atoll situé à un mille environ de cette île.

« Nous ne savions rien de toi, ni de tes intentions, mais, puisque tu avais livré la chasse au pirate de l'air, tu ne

pouvais qu'être un ami pour nous et, la nuit même, Joseph, courageux, se dévoua pour gagner l'atoll en canot et conseiller ses occupants sur la meilleure conduite à tenir pour venir à bout des ruses de von Schuhbart.

« Le brave homme connaissait le chemin, étant allé plusieurs fois sur ce récif ; il m'avait même raconté qu'il y avait caché un avertissement pour mettre en garde ceux qui y atterriraient contre les perfidies de l'Allemand de l'île voisine.

— La bouteille mystérieuse qui nous a tant intriguée.

— Oui, c'est bien cela, une bouteille. Or, cette nuit-là, le pauvre Joseph paya de sa vie son acte de dévouement.

« Von Schuhbart, qui nous épiait, le vit partir, le suivit sur un de ses appareils sous-marins et l'atteignit au moment où il prenait pied sur l'atoll. Une courte lutte et mon malheureux serviteur, mortellement blessé, tombait aux mains de ses poursuivants sans avoir pu remplir le but généreux qu'il s'était fixé.

« Notre sinistre gardien le ramena ici, juste à temps pour qu'il vînt mourir dans mes bras.

— Pauvre homme ! si nous avions pu deviner ? Oui, je me souviens de cette nuit horrible. Sur la grève de l'atoll nous avons trouvé des traces de sang.

— C'était celui qu'il avait versé pour moi. Je ne puis te dire notre désespoir, mon chéri, en perdant ce fidèle compagnon de nos malheurs. Ce jour-là, von Schuhbart crut bien me tenir en son pouvoir, mais, une fois de plus, il se trompait.

« Car, ajoutait la jeune fille, avec un éclat de fierté dans le regard, si tout le monde, ici, obéit à cet odieux personnage, moi, je lui ai toujours résisté et je suis restée tienne, Mathieu, je te le jure. Cet homme ne m'a jamais approchée.

Au fur et à mesure que ce récit se poursuivait, il semblait au jeune homme qu'il renaissait à la vie, qu'on délivrait sa poitrine du poids énorme qui l'oppressait.

Quand Micheline, transfigurée d'amour, lui cria sa foi inébranlable et sa fidélité, il n'y put tenir, il ouvrit les bras, elle s'y précipita et tous deux restèrent enlacés sur la couche.

. . . .

Quand ils revinrent à eux, le jour filtrait à travers les rideaux de la pièce.

— Mon amour, mon mari, dit Micheline, en caressant doucement la tête de Mathieu, il faut que tu rentres dans ta chambre avec Le Hellô, vous reviendrez ce soir. Bathilde ira vous chercher.

Difficilement, le jeune homme s'arracha à l'étreinte de son amie, mais elle avait raison. Mieux valait ne donner l'éveil à personne.

Micheline sonna, la femme de chambre écarta la tenture et Mathieu sortit, encore tout remué de ce qu'il venait d'entendre.

<h1 style="text-align:center">CHAPITRE XIX</h1>

L'AVION FANTÔME

La journée du lendemain parut à Mathieu d'une longueur mortelle. Il lui semblait que le soir ne viendrait jamais. L'idée que sa Micheline était à quelques pas de lui, qu'elle l'aimait — il en avait eu assez de preuves la veille — le rendait fou.

Chose curieuse, Le Hellô semblait manifester une égale impatience.

Il chantonnait, se remuait, ne pouvant rester en place.

— Mais enfin, Jean-Marie, lui dit le lieutenant de vaisseau, que peux-tu avoir à te trémousser ainsi ?

— Eh bien ! je vais te dire. Il me tarde que Mᵐᵉ Bathilde revienne nous chercher, comme elle l'a promis.

— Nous chercher ? Mais maintenant qu'as-tu à faire là-bas, toi ?

— Oh !... et le brave garçon cherchait ses mots, dame, Mˡˡᵉ Bathilde m'a dit, hier, que ma société la changeait un peu...

Le Querrec éclata de rire.

— Je te vois venir, mon vieux ! Je te félicite, tu ne perds pas ton temps !

Et comme l'autre ouvrait de grands yeux :

— Va, va, que nous sortions seulement d'ici, et les deux mariages se feront le même jour. Compte sur moi pour la dot.

Tout confus, pour cacher son embarras, le premier maître s'empara d'un outil et se mit à limer avec ardeur le premier objet qui lui tomba sous la main.

Les heures d'attente passent comme les autres et le soir vint qui ramena Bathilde à la porte de la casemate.

Elle n'avait plus à prendre de précautions, le dogue empoisonné n'avait pas été remplacé.

La jeune femme frappa et, sans attendre la réponse, pénétra délibérément dans la petite chambre. Son joli visage, ses traits réguliers, encadrés de légers cheveux bruns, étaient illuminés d'un gai sourire qui s'élargit encore en voyant Le Hellô venir à sa rencontre.

Il n'en fallait pas plus à Mathieu pour lui prouver que les sentiments de son ami étaient partagés par la belle fille.

— Mademoiselle vous attend, monsieur le commandant, dit-elle. Dois-je vous accompagner ?

— Non, non, ma fille, je connais le chemin ; restez ici et, pendant mon absence, tenez compagnie à mon brave camarade qui s'ennuierait tout seul.

C'était aller au-devant des vœux des deux amoureux et Mathieu sortit..

Traversant parc et pelouse, il retrouva sans peine la porte, l'escalier et l'entrée de la petite pièce où Micheline, debout cette fois, l'attendait.

Dès qu'elle reconnut son pas, elle courut à sa rencontre et tomba dans ses bras.

Les deux amants restèrent un bon moment enlacés, ne trouvant pas de mots pour exprimer la joie qu'ils éprouvaient à être réunis.

— C'est bien toi, mon Mathieu, mon amour, disait la jeune femme. Je crois rêver, je crains de m'éveiller et de voir tout ce bonheur s'enfuir.

— Oui, ma Micheline adorée, c'est moi, je ne te quitterai plus, je te le promets.

— Nous fuirons ensemble, mon chéri.

— Avec Le Hellô et Bathilde, le plus tôt possible.

— C'est cela, c'est cela, dit-elle gaiement, battant des mains comme un enfant.

— Mais, auparavant, il faut que je connaisse la suite de ton histoire, que tu as dû interrompre hier, ma chérie. Tu en étais restée au moment où ce bandit de von Schuhbart avait décidé de quitter l'Allemagne.

— Quels mauvais souvenirs tu vas m'obliger à revivre. Enfin, il le faut, c'est indispensable.

« Nous nous embarquâmes donc à Hambourg sur un yacht, le *Kronprinz*, que von Schuhbart avait frété, et j'ignore la direction que nous avons prise, car de toute la traversée je ne mis pas le pied sur le pont. Plus de deux mois nous naviguâmes, sans que j'aie aperçu cet homme une seule fois. Un beau jour, enfin, il me fit prévenir par un steward que je devais débarquer. C'était ici, dans cette île dont j'ignore le nom et la situation.

— De nom, Micheline, elle n'en a pas, car elle est inconnue des géographes du monde entier. Sa situation est au milieu du Pacifique, entre l'Amérique du Sud et l'Australie, mais plus près de cette dernière.

— Voilà un renseignement qui pourra nous servir dans notre fuite.

— Oui, et, d'ailleurs, j'ai fait le point exact de la position de l'île mystérieuse.

— Von Schuhbart, qui avait fait élever des baraques en tôle ondulée dans lesquelles nous habitâmes tout d'abord, hâta la construction du château où nous

nous trouvons aujourd'hui, fit aménager le parc et édifier les usines électriques dans les dépendances desquelles vous logez et où vous travaillez tous deux.

« Aidé par des ingénieurs qu'il avait amenés, il a réalisé des avions d'un type spécial, pouvant se transporter dans l'air à une vitesse inconnue jusqu'à ce jour, se mouvant sur le sol comme des tanks et enfin, plongeant dans l'eau comme des sous-marins, grâce à un système d'ailes qui se replient à volonté.

« A bord de ces bolides, il a installé des machines électriques à grande puissance, et il part de temps en temps en expédition, disant qu'il va terroriser le monde.

« Je ne sais ce qu'il peut faire, quels crimes il peut commettre, mais je l'entends répéter souvent qu'il est le Pirate du Pacifique et qu'il venge sa patrie.

— Je vais te dire, ma chérie, ce qu'il fait.

Et le lieutenant de vaisseau raconta à son amie les tristes exploits de l'Avion Noir, comment il l'avait découvert dans les mers de Chine, la mission du *Vengeur*, etc...

La pauvre fille, au récit de ces horreurs, frissonnait d'épouvante.

— Voilà, reprit-elle, la cause inexpliquée de la répulsion qu'il m'inspire. Je dois te dire, mon petit, que plus d'une fois il a renouvelé ses tentatives auprès de moi, mais sans jamais employer la brutalité.

« Naturellement, je suis restée inébranlable, inflexible. Si tout lui obéit ici, hommes, bêtes et machines, moi seule, je lui ai toujours résisté.

« Il en avait conçu pour moi une sorte de respect.

« D'ailleurs, il avait recommandé aux butors qui composent son entourage, à ces hommes que tu as pu voir, avec leur sinistre uniforme noir, de nous traiter avec déférence et jamais nous n'avons eu à nous plaindre d'eux.

« Ces dernières semaines, cependant, il était plus nerveux, sans doute avait-il appris les préparatifs de départ du *Vengeur*. Il me demanda une entrevue et insista encore pour que je consentisse à devenir sa femme.

« — Jamais ! » lui répondis-je.

« Le même jour, il partait, pour ne revenir que le surlendemain, poursuivi par toi. Songe, mon chéri, à notre émotion, à Bathilde et à moi, quand nous vîmes le pavillon tricolore flotter après ton appareil. Comme frappées d'un pressentiment, nous courûmes toutes deux sur la terrasse. Mon intention était de vous prévenir de ne pas approcher, car je savais la puissance des défenses électriques installées entre les pylônes. Tu sais le reste. J'assistai de cette fenêtre à votre chute. Je vous croyais tous morts et, le soir même, désespérées à l'idée de ne pouvoir jamais revoir la France, nous tentâmes de nous enfuir en canot ; la tempête nous empêcha de prendre du large et von Schuhbart, monté sur un de ses sous-marins, nous rattrapa.

« Songe à mon étonnement, à ma joie délirante, quand j'appris par le haut-parleur — car ici tout est truqué, et dans votre cage un microphone était installé, pour permettre à von Schuhbart de tout entendre. Bathilde, qui est très adroite, a branché dans cette pièce une communication avec ce microphone — songe à mon bonheur quand j'entendis ta voix, quand je sus que tu étais là, à quelques mètres de moi. La nuit même, je m'aventurai sur le parapet dominant la cage, avec l'intention de me mettre en relations avec toi. L'Allemand m'y surprit et, dans un accès de rage folle, il me frappa à coups redoublés du fouet de chien qu'il tenait à la main.

— J'ai entendu, ma pauvre chérie.

— Le lendemain, honteux, il venait me faire des excuses. Je fus, comme toujours, inébranlable. Il m'apprit alors qu'il allait vous faire mourir. Je priai, je suppliai, j'implorai ta grâce et celle de ton matelot. Rien n'y fit. A la fin, il me dit qu'il consentait à surseoir à votre exécution, si, dans le délai d'un mois, je lui promettais de lui appartenir.

Mathieu tressaillit.

— Et ce délai ?...

— Finit après-demain. Il est parti avant-hier en expédition pour commettre de nouveaux crimes sans doute et, avant de s'embarquer, il m'a rappelé mon engagement. Car j'ai promis, mon amour chéri, j'ai promis, pardonne-moi, mais c'était pour te sauver, et j'ai promis avec le ferme dessein de ne pas tenir. Entre temps, il m'autorisa à faire donner une sépulture convenable à tes malheureux camarades du *Vengeur*. J'attendais une occasion de te prévenir, de te voir. Le billet que je t'ai fait passer dans du pain avait été écrit par Bathilde, je ne pouvais t'en dire plus, pour ne rien compromettre. Pleine d'anxiété à ton sujet, j'étais tenue journellement au courant de tes faits et gestes, grâce aux microphones, mais je ne pouvais entrer en relations avec toi, tant que von Schuhbart ne s'éloignait pas. En effet, pendant tout le temps qu'il était présent ici, une discipline de fer ne cesse d'y régner : bêtes et gens tremblent et respectent aveuglément les consignes, mais, sitôt qu'il est parti,

tout se relâche, tout craque, rien ne va plus.

« Dès que je l'ai vu s'envoler avant-hier, je vous dépêchai Bathilde, ne pouvant me lever moi-même, trop fatiguée.

« Au bout d'un instant, la pauvre fille me revint effarée : vous n'étiez plus dans votre casemate.

« J'eus un moment d'angoisse, mon chéri. T'étais-tu évadé et mon dernier espoir de te rejoindre m'échappait-il ?

« Tu connais la suite, Bathilde vous retrouva près des tombes et te voilà dans mes bras.

Tout ému, le lieutenant de vaisseau enlaçait son amie.

Celle-ci, s'attendant à ses caresses, fermait les yeux pour les mieux savourer, quand, tout d'un coup, il se redressa :

— Mais, ma Micheline, nous n'avons pas un seul instant à perdre. Il rentre après-demain, cette canaille, n'est-ce pas ?

— Oui, ou plutôt demain, dans la nuit.

— Il faut donc fuir immédiatement. N'y songes-tu pas ? Que faisons-nous ici plus longtemps ?

— Non, mon chéri, maintenant c'est impossible. Compte sur moi, j'ai pensé à tout. Demain, Bathilde, sans éveiller l'attention, préparera le canot électrique, comme pour une de nos promenades ordinaires. J'y rassemblerai les objets nécessaires à une longue navigation, des boussoles, des cartes, des provisions.

« A la nuit, nous nous y retrouverons tous les quatre et avec deux marins, comme toi et Le Hellô, mon chéri, nous irons au bout du monde, ajouta-t-elle avec son plus tendre sourire.

« Une seule chose m'inquiète, c'est que

von Schuhbart puisse se mettre à notre poursuite.

— Il ne le fera pas, mon amie, car ce que tu me dis me décide et j'ai mon plan tout fait sur ce point. Il ne faut pas oublier que j'ai ma mission à remplir. Laisse-moi faire de mon côté et tu verras demain.

— Peut-être pourrions-nous appeler Le Hellô et Bathilde pour les mettre au courant de ces projets.

— Sans doute, j'y vais.

— Inutile, Mathieu. Dans cette maison, l'électricité est maîtresse, et je n'ai qu'un levier à abaisser pour mettre en état de réceptivité les haut-parleurs et les microphones installés ici et dans votre casemate. Tu vas voir, nous pouvons appeler nos amis sans nous déranger.

Et, joignant le geste à la parole, la jeune femme mit le contact électrique : un volet s'abattit et au même moment retentit, lointain, le bruit d'un baiser, suivi du rire nerveux d'une femme heureuse.

Micheline et Mathieu se regardèrent, puis partirent d'un commun accès d'hilarité.

— Ce n'est pas la peine de les déranger ce soir, dit-elle, et, d'un geste câlin et très tendre, elle attira son fiancé auprès d'elle.

CHAPITRE XX

PRÉPARATIFS D'ÉVASION

Quand, le lendemain, Mathieu retrouva son ami, il évita de lui parler des indiscrétions du haut-parleur, surtout pour ne pas gêner l'excellent garçon. Mais, immédiatement, il le mit au courant du projet de fuite élaboré avec Micheline.

— Et M**lle Bathilde nous accompagnera ? demanda aussitôt Le Hellô.

— Naturellement, lui répondit son commandant, légèrement goguenard, mais, pour l'instant, il faut nous préparer. Puisque ici nous n'avons rien à nous, nous n'emporterons rien ; mais nous ne devons pas oublier que nous avons notre mission à accomplir.

« J'aurais voulu conserver cette île et les trésors industriels qu'elle renferme. Elle nous est doublement sacrée par les tombes de nos pauvres camarades du *Vengeur*, mais nous n'avons pas le choix des moyens.

« Avant tout, nos instructions portent de détruire l'Avion Noir, le pirate qui désole les mers du globe ; c'est ce but qu'il nous faut atteindre.

« Voici ce que j'ai pensé faire. Les machines de l'usine qui fonctionne à côté de nous produisent des courants à haute tension d'une puissance extraordinaire. Outre la défense de l'île, ils servent à charger les accumulateurs de l'Avion Noir, et von Schuhbart les utilise dans son œuvre de mort. J'ai pensé qu'en conjuguant entre eux tous les courants produits à la fois par toutes les machines, on obtiendrait un rendement tel que l'île entière n'y pourrait résister et sauterait comme un gigantesque volcan.

En un mot, contre celui qui se proclame le Pirate du Pacifique, le roi de l'électricité, nous allons employer l'électricité qu'il produit avec les machines perfectionnées qu'il a inventées.

— Bravo ! commandant ! et c'est moi qui vais me charger d'établir les contacts entre les dynamos.

— Oui, mais fais bien attention.

— Ne craignez rien, ça me connaît. Sous un prétexte quelconque, je vais aller traîner dans les ateliers. Il y a des chances pour qu'il n'y ait personne, car quand le chat n'est pas là, les souris dansent, et je ferai tranquillement mon petit travail, vous verrez cela.

— Veille bien à établir un fil double sur la dernière machine et tu le feras courir jusqu'à l'extérieur. Quand la nuit sera venue, nous y ferons un raccord jusqu'à la mer et nous embarquerons avec nous une bobine de fil, ou plusieurs s'il le faut, que nous laisserons se dévider.

« A bonne distance, j'établirai le contact et alors...

— Alors ! le Pirate du Pacifique, à son tour, ira valser dans les étoiles.

— Allons, bonne chance, Marie.

— A tout à l'heure, commandant !

A peine Le Hellô s'était-il éloigné que Bathilde se présenta dans la casemate.

N'y voyant que le lieutenant de vaisseau, son visage exprima une légère déception.

— Qu'y a-t-il, ma fille ?

— Monsieur le commandant, je ne puis arriver à ouvrir la porte de l'abri où se trouve le canot électrique et je venais prier M. Le Hellô...

— Bien, bien, il est occupé en ce moment, il ne faut pas le déranger, je vais y aller.

Quand il revint, il trouva le premier maître qui avait terminé son ouvrage.

— Ça y est, commandant, c'est fini.

— Et maintenant, attendons le soir.

Pour tuer le temps et s'occuper, Mathieu eut l'idée de fabriquer quatre ceintures de sauvetage — sait-on jamais ? — avec des plaques de liège qui se trouvaient en abondance dans les ateliers pour servir d'isolant aux dynamos.

Avec l'aide de Le Hellô, il réalisa quatre solides cuirasses, grâce auxquelles on pouvait se maintenir à la surface de l'eau, sans un mouvement pendant plusieurs heures.

Puis la nuit vint et dès que la cour fut suffisamment obscure, les deux hommes sortirent, traînant avec eux une grande quantité de fil métallique dont ils rattachèrent les extrémités à celles que Le Hellô avait laissées pendre à une des fenêtres de l'atelier central.

— Tu es bien sûr de tes contacts ?

— Comme de moi-même, commandant.

— Car, tu sais, nous ne pouvons faire d'essai. Une tentative de ce genre ferait sauter l'île sous nos pieds et nous avec : ce n'est pas nécessaire du tout.

Leur travail terminé, ils déroulèrent leur double bobine en ayant soin de caler contre les murs le fil qu'ils laissaient.

derrière eux, car il n'y a jamais trop de précautions à prendre.

Ils atteignirent ainsi l'endroit où était abrité le canot électrique, ils y descendirent et installèrent à l'arrière les deux bobines montées sur un pivot qui leur permettrait de se dérouler sans effort.

Puis, avec mille précautions, ils refermèrent la porte et rentrèrent dans leur chambre où il était convenu que Bathilde viendrait les chercher quand tout serait prêt.

Ils mangèrent et s'étendirent sur leurs couches.

Vers dix heures du soir, un léger coup fut frappé à leur porte. Immédiatement debout, ils ouvrirent et sortirent dans la cour où deux ombres attendaient.

Il faisait une nuit sans lune qui devait encore favoriser leur évasion, déjà singulièrement facilitée par l'absence de von Schuhbart.

— C'est toi, ma chérie ? demanda Mathieu.

— Oui, mon ami, répondit la voix de la jeune femme.

En silence, ils s'embrassèrent ; leur cœur battait ; la minute qui passait était décisive.

— Nous avons porté armes, provisions et couvertures dans le canot, dit Micheline, et j'ai vu qu'on y a disposé déjà de grosses bobines de fil électrique.

— C'est nous, ma chérie, qui avons fait ce travail. Je te l'ai dit hier, j'ai ma mission à accomplir.

Et, en prononçant ces mots, le lieutenant de vaisseau fixait ardemment sa fiancée.

Sans se douter de l'arrière-pensée qui avait inspiré son ami, elle lui répondit avec l'accent de la plus grande sincérité :

— Je veux t'y aider de toutes mes forces, Mathieu.

Le jeune homme eut un soupir heureux, ces paroles avaient dissipé le petit nuage qui, un instant, l'avait oppressé.

— Le Hellô, prends les ceintures de sauvetage.

— C'est fait, commandant.

— Alors, partons.

Et, rapidement, la petite troupe s'enfonça dans la nuit, vers son destin.

CHAPITRE XXI

DESTRUCTION DE L'ÎLE

Se hâtant, ils gagnèrent l'escalier qui menait à l'embarcadère. Jusque-là, des nuages épais et sombres avaient caché la lune, et favorisaient leur marche qui les conduisit au bord de la mer.

Là, le vent déchira les nuées et un

rayon de lumière fusa jusqu'à un petit escalier taillé dans le roc.

En même temps, les quatre fugitifs s'arrêtèrent, pétrifiés. Debout devant la porte qu'il fallait franchir pour atteindre le canot électrique, un homme veillait, appuyé sur une carabine.

Il ne les avait pas entendus venir et ne semblait pas se douter de leur présence. Cependant, il n'y avait pas d'autre chemin pour atteindre le canot et toute minute d'hésitation pouvait compromettre le succès de l'entreprise. On voyait bien que le maître de l'île devait rentrer cette nuit : en cette prévision, le service de sécurité avait été repris, car il ne badinait pas et toute infraction à la discipline était sévèrement punie par lui. On ne pouvait attendre. Il fallait avancer.

Devant les deux femmes, Mathieu et Le Hellô se portèrent à la rencontre de l'homme. Le Querrec tenait un revolver que venait de lui remettre Micheline, tandis que son compagnon serrait dans sa main droite un solide poignard.

Tout à voup, la sentinelle se redressa et eut un instant d'effarement* :

— *Wer da ?* cria-t-elle.

Le premier maître ne lui laissa pas le temps de répéter sa question ; bondissant comme un tigre, d'une poigne solide il saisit l'homme à la gorge, et se mit en devoir de l'étrangler, tandis que de son autre main il lui fouillait la poitrine de son couteau.

La lutte ne fut pas longue, dans un hoquet, la sentinelle s'affaissa sur le sol : elle était morte.

Les deux femmes se rapprocherent alors, toutes tremblantes, et franchirent le cadavre pour descendre le petit escalier, au bas duquel se balançait douce-

ment le canot, portant, à l'arrière, le nom de *Kaiser-Wilhelm*.

— Il a un vilain nom, notre bateau, dit gentiment Micheline, mais nous lui avons préparé un pavillon qui convient mieux à sa nouvelle destination.

Et fièrement elle montrait une petite flamme tricolore fabriquée par elle et Bathilde.

Mathieu lui envoya un regard reconnaissant et un sourire plein de tendresse, tandis que Bathilde, avec une admiration mêlée de respect, se rapprochait de Le Hellô que son exploit sur la sentinelle venait singulièrement de grandir à ses yeux.

— Avant de nous mettre en route, mes amis, dit Mathieu, je vous demande de revêtir vos ceintures de sauvetage. On ne sait ce qui peut arriver.

Et, donnant l'exemple, il attacha à ses épaules les morceaux de liège et en fit autant pour Micheline.

Puis Le Hellô mit la dynamo en marche et, silencieux, le canot sortit du petit port.

Le Querrec surveillait avec soin le déroulement du fil électrique isolé placé sur les bobines qu'il avait disposées à l'arrière.

Bathilde tenait la barre d'une main sûre et expérimentée. On avançait doucement. D'ailleurs, rien ne pressait et l'intention du commandant était d'aller stopper à environ un mille de l'île, distance que représentait le fil conducteur après qu'il serait complètement déroulé.

De là, en effet, il n'y aurait rien à craindre de l'explosion.

Tout à coup, une légère traction se fit sentir.

— Arrête, arrête, cria Mathieu au premier maître qui se hâta de faire machine en arrière.

Le fil était à bout : le lieutenant de vaisseau s'était sans doute trompé dans ses calculs et le canot se trouvait retenu à peine à cinq cents mètres de l'île.

Pourvu, surtout, que le fil ne fût pas rompu, sinon tout était à refaire et l'évasion certainement manquée, car von Schuhbart, avec ses appareils si rapides, ne manquerait pas de retrouver la trace des fugitifs et de les reprendre : et alors, plus de miséricorde à attendre de lui. Mathieu ne craignait pas la mort pour lui-même, mais il frémissait à la pensée du sort qui pouvait être réservé à sa chère Micheline, si miraculeusement retrouvée.

Tant pis, plutôt que de retourner dans l'île, il valait mieux attendre là, et, après tout, la distance était peut-être suffisante pour qu'il n'y eût rien à craindre, lors de l'explosion.

Avec mille précautions, Le Querrec hala sur le fil. Celui-ci tint bon. C'était la preuve que le contact existait toujours.

Les quatre occupants du canot se taisaient. Le ciel était sombre, l'océan d'encre. La lune, après une rapide apparition, était de nouveau cachée par les nuages.

Le lieutenant de vaisseau, du regard, interrogeait anxieusement la nuit comme s'il eût voulu lui arracher tous ses secrets.

Micheline, qui s'était doucement glissée le long du bordage, vint s'asseoir près de lui et lui prit les mains :

— Mon chéri !

Il tressaillit.

— Je suis si heureuse d'être près de toi,

Dans l'obscurité complète, sans fausse honte, devant son ami et Bathilde, le jeune homme embrassa longuement sa fiancée, et, comme si ce baiser lui avait rendu toute son énergie, il demanda :

— Quand von Schuhbart revient de ses expéditions, sais-tu à peu près la direction qu'il prend et n'a-t-il pas eu soin de faire installer un poste de signalisation quelconque qui lui facilite son atterrissage ?

— Non, je ne crois pas, bien que je sois très profane en la matière, mais je n'ai jamais rien remarqué d'insolite pour ses retours.

— Mais, moi, mademoiselle, interrompit Bathilde, j'ai observé que les avions venaient toujours se poser sur le plateau ouest de l'île, celui qui mène aux hangars abrités par le petit bois.

— Le plateau ouest, dit Mathieu, parfait, ma fille, c'est justement en face de nous, par notre travers. Nous ne pouvons donc être mieux placés que nous ne sommes. Attendons.

De nouveau, le silence se fit et les heures passèrent. Assise près de Mathieu, Micheline était heureuse de sentir le bras du jeune homme dans le sien et savourait avec délices la certitude de l'avoir retrouvé et de le garder tout à elle.

À l'autre extrémité du canot, Le Hellô et Bathilde bavardaient à voix basse.

La brise fraîchit, la jeune femme frissonna. Mathieu lui jeta une couverture sur les épaules.

Il commençait à devenir inquiet, la nuit était déjà bien avancée et le jour ne tarderait pas à paraître.

L'Avion Noir ne rentrait pas, retenu sans doute par une panne, du même genre que celle qui l'avait forcé naguère à atterrir dans l'île de Pâques. S'il revenait en plein jour, il ne pouvait manquer d'apercevoir le petit canot, et mieux valait ne pas risquer cette aventure.

Rentrer dans l'île ? Mathieu y songeait presque, quand il se rappela à temps les paroles de Micheline : le délai que lui avait accordé von Schuhbart expirait cette nuit même et, dès son retour, le bandit serait en droit d'exiger qu'elle se livrât à lui. Tout, plutôt la mort, que cette honte !

Que l'île saute donc, même en l'absence de son maître ; celui-ci, privé de sa base de ravitaillement et errant sur son avion fantôme, ne pourrait longtemps échapper à la justice des hommes.

Mathieu se levait déjà, pour mettre son projet à exécution, quand Micheline, aux aguets, le retint par le bras :

— Ecoute, dit-elle.

Le jeune homme prêta l'oreille.

Dans le lointain, un ronflement sourd se faisait entendre, très faible, très éloigné.

Déjà l'aurore s'annonçait vers l'est, où le ciel, légèrement, se teintait de rose pâle.

— C'est lui, ajouta la jeune fille avec un calme résolu qui impressionna son ami.

A son tour, Le Hellô s'était redressé.

Le bruit se faisait de plus en plus distinct. On eût dit que von Schuhbart, pressé de rentrer, activait ses moteurs, pour gagner plus tôt la récompense qu'il croyait avoir méritée.

— Commandant ? cela ne vous rappelle-t-il pas cette nuit de la mer de Chine où, à bord du *Floréal*, nous avons assisté à la destruction du *George-Washington* ?

Mathieu sourit.

— Oui, mais à cette époque l'existence était pour moi une torture, tandis qu'aujourd'hui ce bruit-là est le signal de mon bonheur.

Et, dans l'ombre, ses yeux cherchèrent affectueusement ceux de Micheline.

Maintenant, l'Avion Noir était tout proche. On ne le voyait pas encore, mais on reconnaissait les explosions successives des deux moteurs qui se produisaient à contretemps.

— Il doit être au-dessus de nous, dit Bathilde. Mon Dieu ! s'il se doutait...

Mais von Schuhbart était bien loin de supposer ce qui l'attendait à son retour dans son domaine. N'ayant aucune raison pour se cacher, il avait sensiblement rapproché son appareil de la terre et, maintenant, on pouvait suivre sa trace à la longue traînée de flammes bleuâtres produite par les étincelles des puissantes dynamos. La pétarade diminua d'intensité.

— Il a calé un moteur, dit Le Hellô.

Puis, après quelques instants de silence :

— Il va sans doute descendre en vol plané.

A ce moment, un cône de lumière jaillit de la terrasse du château, parallèlement au plan où se trouvait le canot. C'était une vraie chance pour les fugitifs de n'être pas pris dans les rayons du projecteur, car ils eussent été immédiatement signalés à l'attention de von Schuhbart.

La gerbe lumineuse fouilla l'horizon, un instant, hésita, puis se fixa : du canot on vit, en plein milieu de l'ardent faisceau, l'Avion Noir, ses horribles ailes de chauve-souris tout éployées, qui descendait lentement vers le sol de l'île et s'y posait.

Puis tout rentra dans l'obscurité.

— Attention, dit Mathieu à ses amis, assurez vos ceintures de sauvetage, gardez quelques provisions que l'eau ne puisse attaquer et soyons prêt à tout. Je vais mettre le contact.

Le cœur des quatre fugitifs battait à tout rompre, anxieux de ce qui allait se passer. Micheline entourait la taille de son fiancé, tandis que Bathilde se cramponnait au premier maître. Alors, avec précaution, d'une main qui ne tremblait pas, le lieutenant de vaisseau rapprocha l'une de l'autre les extrémités des deux fils...

*   *   *   *   *   *   *   *

Une explosion formidable se produisit, telle qu'aucune plume ne saurait la décrire.

L'île tout entière, comme minée par des milliers de tonnes de dynamite, sauta en l'air, se disloquant, et projetant dans toutes les directions d'énormes quartiers de roc. A la place qu'elle occupait, un goufre se produisit où la mer se précipita en mugissant. Un raz de marée gigantesque déferla qui se répercuta jusqu'à des dizaines de kilomètres au large.

Pris par une lame de fond d'une violence inouïe, le pauvre petit canot qui abritait les quatre fugitifs fut retourné comme un fétu de paille, lançant ses occupants au milieu des vagues en furie.

CHAPITRE XXII

EN PERDITION

Rendant l'eau à pleine gorge, le lieutenant de vaisseau revint à la surface, soutenu par la ceinture de liège dont il avait eu la précaution de se munir.

Libre de ses mouvements, dès qu'il eut repris complètement ses sens, ils commença par regarder autour de lui et, la première chose qu'il vit, fut une masse sombre qui flottait ; en quatre brasses, il l'atteignit. C'était Micheline, évanouie, à demi asphyxiée par l'eau salée qu'elle avait avalée.

Il s'occupa aussitôt à rappeler sa fiancée à la vie, il lui sortit la tête de l'eau, la lui renversa en arrière, et, assez gauchement, gêné dans ses mouvements, opéra quelques tractions de la langue.

Bientôt, la jeune fille ouvrit les yeux.

— Comme il fait froid, dit-elle.

Puis elle reprit connaissance tout à fait et comprit leur situation.

Un cri d'angoisse sortit de sa bouche.

— Ne crains rien, ma chérie, essaya de la tranquilliser Mathieu ; déjà nous ne risquans pas de couler. J'espère que nous allons retrouver nos amis, et parmi toutes les epaves qui nous entourent, nous trouverons bien quelques planches assez solides pour nous porter.

Il cherchait à l'encourager, mais, au fond de lui-même, il sentait combien leur position était désespérée.

La mer, si profondément agitée tout à l'heure, retrouvait son calme. Quelque houle, quelques petites vagues, c'était tout ce qui restait de la formidable tornade.

L'air était serein, une brise fraîche et pure soufflait doucement et le soleil se levait, radieux, dans le ciel d'un bleu limpide.

De l'île mystérieuse, il ne restait plus de traces. Là où tout à l'heure encore se dressait le rocher qui avait servi de repaire au plus grand bandit des temps modernes, à la place de ces forêts, du château, des ateliers, il n'y avait plus que l'immensité de l'océan sans limites.

Par contre, d'innombrables épaves flottaient, se heurtant les unes aux autres : les objets les plus disparates apparaissaient, ballottés au gré des flots ; Micheline, appuyée sur Mathieu, reconnut une partie de son lit et des ustensiles de bois dont elle avait vu les hommes de von Schuhbart faire usage. Chose curieuse, aucun cadavre ne se montrait. Sans doute, pris dans le terrible remous causé par l'explosion de l'île, les corps de ses habitants n'étaient pas encore remontés à la surface. Ce serait pour plus tard.

— Mais, demanda Micheline, et Le Hellô et Bathilde ? Est-ce que ces pauvres amis se seraient noyés ?

Et déjà ses beaux yeux marrons s'emplissaient de larmes.

— Je ne le crois pas, car mon premier maître est un nageur extraordinaire.

« Peut-être ont-ils été entraînés au loin, et d'ailleurs au milieu de toutes ces épaves...

Mais il n'acheva pas.

— Là-bas, là-bas, criait Micheline, tout heureuse, les voilà !

Il aperçut, comme la jeune fille, une masse qui flottait.

C'était Le Hellô, à genoux sur une sorte de radeau, avec Bathilde étendue à ses pieds.

Mathieu les héla, et, prenant son amie par la taille, l'entraîna en nageant vers l'embarcation précaire que le Breton dirigeait comme il pouvait.

— Hardi, commandant, cria-t-il, venez vite, il y a de la place pour tout le monde.

Le Querrec fit encore un effort et atteignit le radeau, auquel il s'accrocha, tandis que Jean-Marie hissait Micheline.

Bathilde, joyeuse, tomba dans les bras de sa maîtresse.

— Ah ! mademoiselle, mademoiselle, comme je suis heureuse de vous revoir ! Jean-Marie — elle l'appelait par son prénom, maintenant ! — m'avait bien dit que vous ne pouviez être loin, mais je n'osais pas y croire.

Et la brave fille pleurait de joie.

Quand, à son tour, Mathieu fut installé, il demanda à Le Hellô :

— Mais où donc as-tu trouvé ce radeau ?

— Vous ne le reconnaissez pas, commandant. C'est la grande porte de bois montée sur galets qui fermait l'entrée du hangar de l'Avion Noir. J'ai été pris dessous avec Bathilde — il disait Bathilde ! décidément, les grandes émotions rapprochent — et je m'y débattais comme un diable dans un bénitier, lorsqu'en quelques brasses, délivré, je me rendis compte de tout l'avantage qu'il y aurait pour nous de grimper sur ce bloc de bois, au lieu de rester dessous.

— C'est vraiment curieux que cette énorme pièce n'ait pas été détruite et pulvérisée par l'explosion, dit Le Querrec. Enfin, telle quelle, elle va nous rendre un fier service et nous permettra d'attendre...

Attendre quoi ? Il ne le dit pas et même l'ignorait certainement.

A y bien réfléchir, la situation des quatre naufragés était désespérée. Sans vivres, sans eau douce, perdus au milieu de l'océan, que pouvaient-ils faire ? Nouveau radeau de la *Méduse*, leur plancher de bois était-il destiné à voir aussi des scènes d'antropophagie ?

Pour l'instant, heureux de ce sauvetage imprévu et de leur réunion, ils ne pensaient pas à l'avenir ; mais que la mer se démontât un peu et leur position deviendrait intenable.

Pendant toute la matinée, ils restèrent étendus sur le radeau, se reposant des fatigues supportées pendant leur immersion et se séchant au soleil.

Dans l'après-midi, Le Hellô essaya, mais en vain, de chercher et de reconnaître parmi les épaves qui flottaient, des vivres quelconques, biscuits ou conserves, pour se mettre sous la dent. Avant l'explosion, Micheline avait bien passé dans sa ceinture quelques boîtes étanches, mais la violence du remous les avait dispersées.

Puis le soir vint, apportant l'ombre prochaine et la tristesse. Le soleil descendait sur l'horizon. Son disque rouge, reflété par l'océan, y laissait une traînée de sang. Pas un soufflé d'air.

Aucun des quatre malheureux ne parlait, chacun perdu dans ses rêves.

Mathieu pensait à Micheline et se reprochait de l'avoir entraînée dans cette aventure sans issue, la jeune femme souffrait de voir son fiancé au désespoir.

Ils étaient dans une impasse dont, seule, la mort les pouvait délivrer.

CHAPITRE XXIII

SAUVÉS !

Le soleil continuait à baisser. Encore deux heures de jour au plus et ce serait la nuit, horrible, avec ses angoisses et ses cauchemars.

Le Hellô, comme halluciné, scrutait l'horizon. Bathilde, effrayée de voir son regard en feu, craignant pour sa raison, lui avait pris la main.

— Je t'en prie, Jean-Marie, insistait-elle, repose-toi. Peut-être demain aurons-nous besoin de toutes nos forces.

Il ne répondait pas, comme hypnotisé sur un point dans l'espace.

Tout à coup, il poussa un cri rauque. Tous le regardèrent, effarés.

Etait-ce déjà la folie ?

Mais il s'agitait.

— Là ! là ! commandant, criait-il, nous sommes sauvés !

Le malheureux garçon poussa un rire strident et roula sur le radeau, soutenu par Bathilde.

Sans doute, par un effet du mirage, assez fréquent dans les mers du Sud, avait-il eu une vision qui avait fait chavirer son intelligence ? Machinalement, Mathieu fixa l'horizon.

Il sursauta.

— Micheline ! appela-t-il, regarde vite, là-bas, que vois-tu ?

— Oh ! mon chéri ! Deux fumées !

— Deux fumées, deux navires, nous sommes sauvés !

Le brave Le Hellô n'avait pas été victime de son imagination.

Doucement, son commandant, aidé des deux femmes, le rappela à la vie.

Les panaches gris se faisaient maintenant de plus en plus visibles et bientôt les naufragés distinguèrent nettement deux bâtiments qui s'avançaient en droite ligne sur eux.

Dans l'air calme du soir, ils laissaient derrière eux une longue traînée de fumée qui, doucement, descendait jusqu'à la surface des flots.

— Des bâtiments de guerre, dit Le Hellô. Si c'était possible...

Il ne précisa pas sa pensée, mais en même temps, le lieutenant de vaisseau, qui, la main sur les yeux, étudiait les mouvements des deux bateaux, s'écria.

— Ce sont eux ! Le *Tonkinois* et le *Haoussa* ! La mission du *Vengeur* est accomplie, vive la France !

Dix minutes après, marchant à toute pression, les deux torpilleurs défilaient à quelques encablures du radeau improvisé, d'où des signaux désespérés leur étaient faits.

Quel ne fut pas l'étonnement du brave Duc, commandant la flottille, en retrouvant, naufragé et perdu au milieu de l'océan, le commandant du fier hydravion qu'il était chargé de convoyer.

Le transbordement fut opéré immédiatement et c'est au milieu des hourras poussés par les équipages des deux bâtiments que Mathieu et ses compagnons prirent pied sur le pont du *Tonkinois*, où la garde, aussitôt alertée, leur présenta les armes.

Micheline était défaillante d'émotion.

— Mais, mon cher ami, et votre beau *Vengeur* ? demanda Duc.

— Hélas ! répondit le lieutenant de vaisseau, le *Vengeur* a été détruit, et six de nos pauvres compagnons ont péri dans l'accident. Mais vous, comment vous trouvez-vous ici, juste à point pour nous recueillir ?

— Mon cher Le Querrec, oubliez-vous donc votre votre dernier radio ? Quoique bien faible, nous l'avons compris et je vous en ai accusé réception.

— Vraiment, nous avons de la chance. Si seulement mon brave Korfmatt et mes cinq matelots étaient là !

— Pauvres gens ! Mais votre île déserte ? Votre pirate de l'air ?

Il fallut en quelques mots satisfaire la curiosité insatiable du commandant Duc et de son état-major.

Il n'était pas jusqu'aux simples matelots, qui ouvraient des yeux ronds, et curieusement se rapprochaient pour entendre des bribes du récit des naufragés.

— Mais excusez-moi, Le Querrec, dit le commandant de la flottille, je vous fais parler et vous devez être éreintés. Il y a ici des cabines pour vous quatre. Mes officiers coucheront dans la chambre des cartes et, s'il le faut, sur le pont, pour un jour que le *Tonkinois* a l'honneur d'avoir des passagères !

« Donnez-moi vos ordres, commandant, reprit-il sur un autre ton, en rectifiant la position. Vous êtes le chef de l'expédition et c'est pour vous obéir que je suis venu croiser par ici.

Brave cœur ! Mathieu, ému, le prit dans ses bras.

— Eh bien ! mon cher ami, je vais vous demander deux choses : partons au plus vite, car il nous tarde de rentrer en France et laissez-nous un instant nous recueillir, ma fiancée et moi. Après ces émotions, nous avons besoin d'un peu de solitude.

Duc était trop marin et trop Français pour ne pas comprendre. Il quitta sa passerelle pour ne pas troubler l'intimité de Mathieu et de Micheline et donna ses ordres.

Déjà le *Tonkinois* virait de bord, suivi dans son mouvement par le *Haoussa*, et les deux petits bâtiments, lentement, se frayaient un chemin parmi les épaves toujours plus abondantes.

Les deux jeunes gens, étroitement serrés l'un contre l'autre, ne disaient rien. Les mains enlacées, ils regardaient l'emplacement de cette île mystérieuse, qui, après avoir failli être leur tombeau, avait été le berceau de leur bonheur.

Le cauchemar était fini, l'obsession disparue, rien ne les séparait plus, ils

pouvaient maintenant être tout entiers l'un à l'autre et l'expérience de leurs années d'épreuves serait la garantie de leur mutuelle confiance.

Le soleil, tout ensanglanté, plongeait dans l'océan ; le pavillon du *Tonkinois* descendait, remplacé par les fanaux qui assureraient la sécurité de la marche pendant la nuit.

Avant de disparaître, comme une lampe qui s'éteint, l'astre du jour lança un rayon plus lumineux, qui éclaira vivement les flancs du navire.

A ce moment, Micheline, qui avait baissé les yeux, poussa un cri d'effroi.

Mathieu suivi son regard et vit à la surface de la mer un cadavre qui flottait, déjà gonflé par l'immersion prolongée : son visage portait un masque noir.

Von Schuhbart !

Avant qu'ils aient pour jamais quitté son domaine, leur bourreau venait une dernière fois se montrer à eux.

Le Querrec voulut entraîner la jeune femme, mais dans l'eau calme un remous se produisit, une nageoire triangulaire surgit hors des flots et la mer se teinta de rouge : pirate contre pirate, un requin dévorait le corps de celui qui s'était prétendu le Pirate du Pacifique.

Saisie d'épouvante à ce spectacle, Micheline se réfugia sur la poitrine de son fiancé et s'y cramponna éperdument. Lui se taisait et caressait doucement la chevelure d'or.

Réussirait-il jamais à faire oublier les heures horribles du passé à celle qui avait tant souffert ?...

Maintenant, il faisait nuit tout à fait. Le fanal de l'avant projetait un petit cône de lumière jaunâtre, tandis qu'à l'arrière un feu rouge veillait.

L'avance rapide avait repris et, de la

cheminée du *Tonkinois*, s'échappait, par torrents pressés, une fumée rousse parsemée de flammèches que le vent de la marche dispersait sur la mer.

Le *Haoussa* fit retentir sa sirène.

Le *Tonkinois* lui répondit. Les deux torpilleurs s'étaient compris.

En route ! en route ! et à toute vitesse, vers la **France** !

. . . .

— Mademoiselle ! appela une voix claire, au bas de l'escalier de la passerelle, et vous, monsieur, le commandant Duc vous fait dire que le dîner est servi et qu'il vous attend.

C'était Bathilde qui interpellait sa maîtresse, tandis que, derrière elle, éclairée par une lanterne du bord, se profilait la figure joyeuse du premier maître Jean-Marie Le Hellô, qui, lui aussi, avait bien gagné sa part de bonheur.

FIN

Voir page 95, le commencement du prochain roman « Une Révolte au Pays de l'Or » qui paraîtra le 1er juin.

Une Révolte au Pays de l'Or

ROMAN D'AVENTURES INÉDIT

par

RAOUL LE JEUNE

I

JEAN FÉDOR

Sur la falaise bretonne, face à l'immensité mouvante, perchée comme un nid d'aigle, la villa Yann-Marie s'élevait, bravant le vent du large, insensible à la pluie comme à l'embrun qui l'enveloppaient presque journellement de leur linceul humide.

Un jardinet entourait la maison.

Pas le moindre chemin ne décelait sa présence, indiquant que par lui on pouvait atteindre la demeure.

La lande, dans sa belle nudité sauvage, parsemée d'ajoncs aux fleurs d'or et de mauves bruyères, isolait les habitants de la villa.

Au loin, un petit clocher à jour, véritable dentelle de pierre, pointait sa frêle flèche vers le ciel où couraient quelques rares nuages poussés par la brise marine, allant on ne sait où.

Autour de l'église, dressant leur toit d'ardoises bleues, caressés par les gais rayons du soleil d'été, des maisons s'érigeaient, attestant l'existence du village de Bannalec.

Les deux coups de l'heure tintèrent. Les sons, lourds d'abord, puis cristallins, s'égrenèrent pour mourir en fines vibrations.

La porte de la villa s'ouvrit, donna passage à un homme grand, courbé par les ans, la face ornée de favoris blancs, et qui alla s'asseoir à l'ombre d'un figuier. C'était le père Leufroy, vieux loup de mer, qui avait fait plusieurs naufrages. Plus d'une fois, la mort l'avait frôlé de son aile noire, mais jamais ne voulut l'enlever à l'affection des siens, auprès desquels, sa femme et son petit-fils André, il vivait maintenant, attendant l'heure suprême où ses yeux ne contempleraient plus cet océan versatile qu'il avait tant aimé.

Digne descendant d'une race de marins, André, le fils de son fils, adorait aussi la mer et passait son existence, entre le ciel et l'eau, sur sa barque, partant le matin, ne rentrant que le soir, ses paniers remplis de poissons aux écailles argentées.

Pourtant, une idée fixe s'était implantée dans le cerveau d'André : il voulait s'en aller au loin, vers le nouveau monde, y tenter la fortune, courir les aventures.

Rares étaient les jours où le jeune homme ne parlait pas de son désir, avec son grand-père.

(A suivre.)

Paris. — Imp. RAMLOT et Cⁱᵉ, 52, avenue du Maine. — 1926.

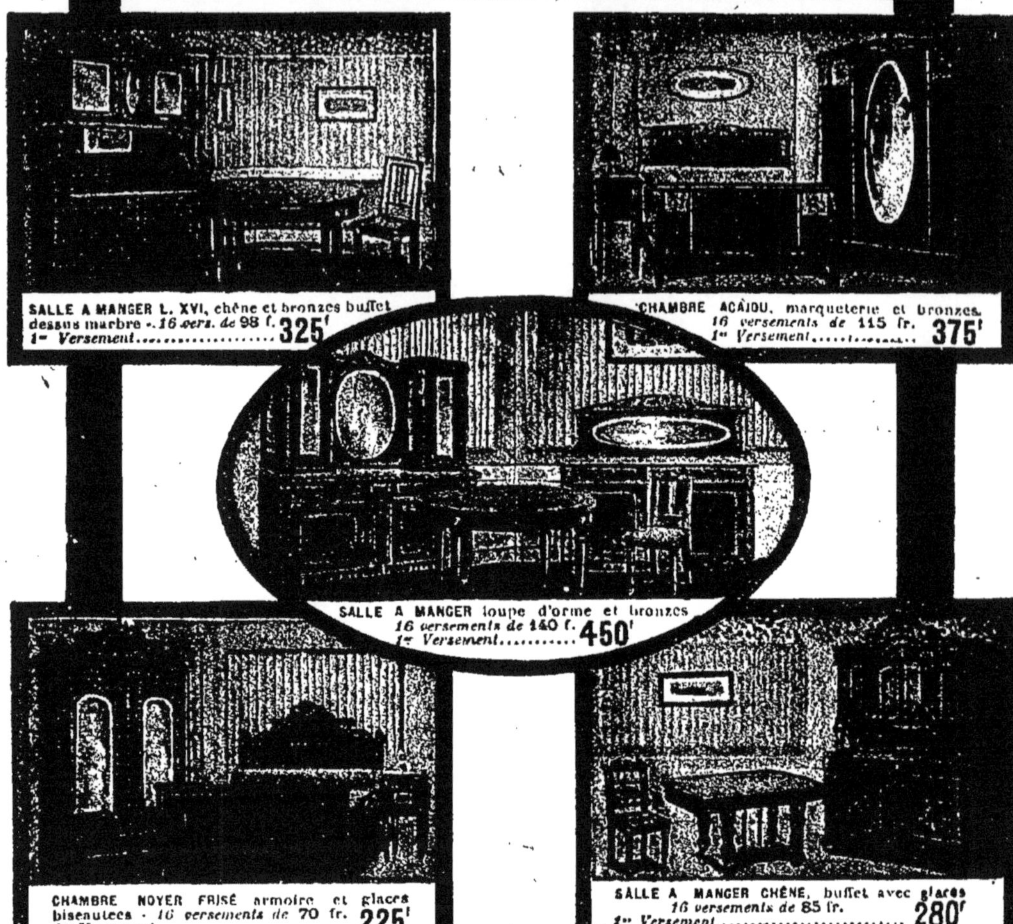

DEMANDEZ NOTRE CATALOGUE GRATUIT

SALLE A MANGER L. XVI, chêne et bronzes buffet dessus marbre - 16 vers. de 98 f. 1er Versement........ 325f

CHAMBRE ACAJOU, marqueterie et bronzes, 16 versements de 115 fr. 1er Versement........ 375f

SALLE A MANGER loupe d'orme et bronzes 16 versements de 140 f. 1er Versement........ 450f

CHAMBRE NOYER FRISÉ armoire et glaces bisautées - 16 versements de 70 fr. 1er Versement........ 225f

SALLE A MANGER CHÊNE, buffet avec glaces 16 versements de 85 fr. 1er Versement........ 280f

OCCASIONS AVEC 16 MOIS DE CRÉDIT

Rendez votre foyer plus agréable et profitez des facilités de paiement que nous vous offrons, vous jugerez de nos bas prix en demandant notre Catalogue F illustré que nous vous adresserons gratuitement sur demande.
Ouvert tous les jours même fériés sauf Dimanche
EXPÉDITIONS FRANCO DE PORT & D'EMBALLAGE

SALLES DE VENTES DE PARIS
62, Bᴿᴰ de CLICHY_PARIS_9ᵉ (FOND DE LA COUR)

9 782329 034188